デュラララ!! SH×3

とある情報屋《じょうほうや》の言葉

俺《おれ》は人間が好きだ。

今までの人生で、俺は何回もそう言ってきた。
人、ラブ。俺は人を愛してる。
陳腐《ちんぷ》な言葉に聞こえるかもしれないけれど、俺は、何度も繰り返してきた。
実際の所、俺は本当に人間が好きだから、他に言い方を知らないだけなんだ。
敢《あ》えて言うなら、ファンだと言ってもいい。
そう、人間のファンさ。

——「人間のファンなんだよ！」

……そんな台詞《せりふ》が有名な映画が昔あったんだけど、知ってるかい？

有名な俳優《はいゆう》が演じる悪魔《あくま》が、生真面目《きまじめ》な人間の青年を唆《そそのか》す時に言うんだ。自分は人間のファンだってね。

俺《おれ》は別に悪魔でもなんでもない、超能力の一つすら持たない一般人《いっぱんじん》だけどさ、俺も人間のファンの一人だよ。

そもそも、人間はみんな人間のファンなんだよ。そう思わないかい？

ファンには元々『熱狂《ねっきょう》』って意味があってね。

人間は常に、人間に熱狂してるのさ。

そんな事はないって否定する人もいるだろうね。

当然だよ。人間ってのはそうじゃなくちゃ。

人間が嫌《きら》いで嫌いで仕方ない人もいるし、人間に関心が無いっていう人もいるだろう。

でもね、嫌うのも、無関心なのも、一つの『熱狂』の形なんだよ。

熱の下に狂うと書いて『熱狂』だ。解《わか》るかい？

熱そのものに対して狂う。熱に当てられて狂う。

そして、自分の熱が狂う。という事でもあるんだ。

人間に対する熱が狂うんだよ。

熱くなりすぎて人間そのものを愛してしまった俺のようなタイプ。

冷たくなりすぎて人間を嫌悪《けんお》するタイプ。

周りでどんな事が起ころうと、欠片《かけら》も熱くも冷たくもならず、ずっと平熱なのもそれはそれで熱の調整が狂ってるのさ。

大自然の景観《けいかん》に心打たれたり、猛獣《もうじゅう》に襲《おそ》われて恐怖《きょうふ》を感じたり……性格は、人間以外に変えられる事もある。

だけどね、人間に対する熱意を変化させる事ができるのは、人間だけなんだ。

『周りの人間は退屈《たいくつ》なクズばかりだ。何も興味《きょうみ》が湧《わ》かない』なんて言ってる奴《やつ》がいるとしようじゃないか。

俺に言わせれば、そんな彼こそが人間にもっとも強く影響《えいきょう》を受けているのさ。

人間に、『退屈』っていう感情を与えられているんだからね。

感情を恒久的《こうきゅうてき》に変えるっていうのは、思ったより難しい事なんだよ？

子供の頃から大嫌いな食べ物を、ちょっとしたきっかけで好きになれって言われても難しいだろう？

そんな人間に対して『退屈』っていう感情を与え続けるっていうのは、実に膨大《ぼうだい》なエネルギーが必要だと思うんだよね。

考えてごらん。

石を見てるのは退屈だろうけど、それは石が動かないからだ。

でもね、人間は動き続けるんだよ。観察すればするほど、新しい一面をこちらにさらけ出してくれる存在だよ。

それでも退屈《たいくつ》を感じさせ続けるっていうのは、相当な労力だよ。

屁理屈《へりくつ》に聞こえるかい？

まあ、そりゃ当然だろうね。今、俺《おれ》は屁理屈を言ってるんだから。

実際の所、俺以外の人間がどう言おうが構わないよ。

重要なのは、自分がどうかだろう？

俺は人間を愛してる。そう、愛してるんだ。

昔から言ってるんだけど、だからこそ、人間も俺を愛してくれていいと思うんだよね。

全ての人間との相思相愛《そうしそうあい》、これは素晴《すば》らしい事だよ。

優しく俺を包み込む形の愛でもいい。

激しく俺を罵《のの》り傷つける形の愛でもいい。

無視するという形の愛でもいい。

愛に形なんて無い？　そう思うかい？　本当に？

愛に形はある。ただ、形をコロコロ変えるだけさ。

俺は、みんなにそれを証明《しょうめい》したいんだ。

つまるところ、俺は人と関わりたいだけさ。人をより多く動かして、世界を納豆《なっとう》みたいに掻《か》き回して、そこから伸びる人と人との繋《つな》がりの糸にできるだけ多く絡まりたいだけだ。
結果として、俺はこんな人間になっちゃったんだけどね。
互いに熱狂《ねつきょう》しあうのは、いいものだよ。とてもいいものだ。
例え法律や社会が否定しても、俺だけは認めるよ。
だから君も、安心して熱狂すればいい。
人を愛するなり、憎《にく》むなり、無関心を貫《つらぬ》くなりね。
それはどれも等しく、とても価値《かち》のある事なんだから。

序章

「偉大な一歩を踏み出そう」

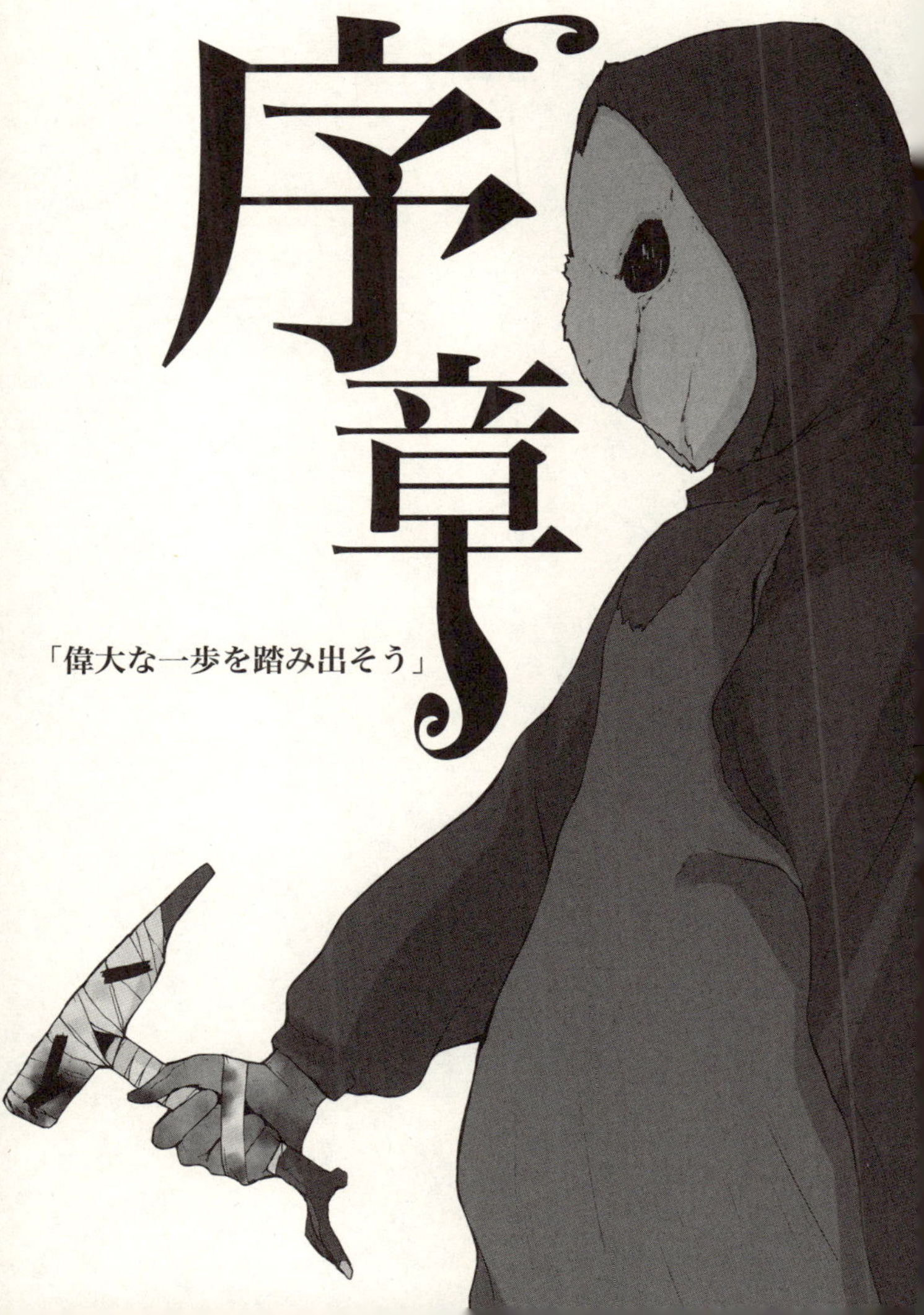

序章　偉大な一歩を踏み出そう

『それ』は、街を当てもなく彷徨《さまよ》っていた。
あと一歩。
自分を変える為《ため》の、ほんの僅《わず》かな一歩を踏み出す為に。
脳味噌《のうみそ》の隅《すみ》から伸びる薄墨《うすずみ》のような線を、自分の意志《いし》で踏み越える為に。
あるいは、その一線を踏みにじる為に。

♂♀

深夜0時　都内某所《とないぼうしよ》
「あれ？　ねえ、見て見て、ホラ」

東京《とうきよう》二十三区の夜。

都心部《としんぶ》と言えども、暗い場所は暗い。

とある公園へと続く細い道を歩いていた成人のカップルは、道の端《はし》を歩いている『それ』に偶然遭遇《ぐうぜんそうぐう》した。

「おう……？　なんだありゃ」

「ほら、えーと、なんだっけ。あれよ。ゾンビの映画かなんかに出てくる奴《やつ》」

「おーおー！　池袋《いけぶくろ》の奴な！」

周りに人もいない道で彼らの目に映ったのは、全身を着ぐるみめいたパジャマで包み込んだ人影《ひとかげ》である。

全体的に梟《ふくろう》をイメージしたような意匠《いしよう》であり、頭も特殊《とくしゆ》なフードですっぽりと覆《おお》い隠《かく》せるようになっていた。

実際、彼、あるいは彼女は頭をそのフードで覆い隠しており、のぞき穴の外側からでは表情は窺《うかが》いしれない。

「なんだっけ、ダークなんとかって奴だよ。悪者の奴、悪いゾンビ」

「コスプレって奴か？」

そんな事を言いつつも、二人はそのまま映画のキャラクターを模《も》した格好《かつこう》の人物の横を通り過ぎようとした。

何かのキャラクターの格好や、ウサギや猫《ねこ》の着ぐるみパジャマなどを着て街を歩く者は池袋にもたまにいる。何らかのイベントでなくとも、60階通りなどでは時折《ときおり》見かける光景《こうけい》だ。カップルも、何か友人同士のパーティーの帰りか、あるいは何か動画《どうが》サイトへの投稿《とうこう》作品でも撮《と》っているのだろうと判断《はんだん》していたのだが——

それは、すぐに覆《くつがえ》される事となる。

最初に衝撃《しょうげき》を感じたのはカップルの男の方で——

最初に異常に気付いたのは、女の方だった。

なぜなら、男の方は頭に衝撃を感じると同時に、それが異常事態《じたい》だと気付く前に意識《いしき》を失ってしまったのだから。

「え……あ……え？」

鈍い物音がした瞬間《しゅんかん》、女は男の身体《からだ》が前のめりに倒れるのを目撃《もくげき》した。

そして、男の背後にいつの間にか移動していた、着ぐるみパジャマの人影の姿《すがた》を。

着ぐるみパジャマの手に握られているのは、包帯《ほうたい》を何重《なんじゅう》にも巻かれた金槌《かなづち》だ。

「……」

無言《むごん》のまま、着ぐるみの人影が金槌を振り上げる。

「ちょッ……いやぁぁあぁぁああ！」

悲鳴《ひめい》をあげて逃げようとするが、倒れた彼氏《かれし》の身体《からだ》に躓《つまず》いて転んでしまう。
必死に立ち上がろうとしながら背後を振り返り、彼女は改めて襲撃者《しゅうげきしゃ》の姿《すがた》を見た。

——思い出した。

全身がマヒしたような錯覚《さっかく》に囚《とら》われ、時間の流れが遅くなったように感じられる。
そんな中で、女はハッキリと思い出した。
目の前の着ぐるみパジャマが、なにをモチーフにしたものなのかを。

——そうだ、思い出した。

——映画じゃなくて、元々アニメとか漫画《まんが》だった奴《やつ》だ。

彼女は、普段は池袋《いけぶくろ》にあるキャバクラに勤《つと》めている。
最近店に入った若いホステスがその作品のファンであり——彼女はよく、控え室にアニメのグッズや漫画の単行本《たんこうぼん》を持ち込んでいた。
それが数年前に実写《じっしゃ》映画となり、そこそこのヒットを飛ばしたという事で、客と話を合わせる為《ため》に軽く粗筋《あらすじ》だけ聞いていたのである。
客との話に出る可能性があると思ったのは、その原作が、彼女のキャバクラがある池袋を舞《ぶ》台《たい》にしたアニメであり、映画のロケも大半が池袋で行われていたからだ。

——確か、名前は。

身体は逃げようと必死に藻掻《もが》くが、彼女の頭の中は、そんなどうでもいい情報《じょうほう》を思い出そうと必死になっていた。

思い出せば助かるかもしれないという、何の根拠《こんきょ》もない錯覚。

ただ、正体不明《しょうたいふめい》の相手の名を知る事で恐怖《きょうふ》が薄まる事を期待したのかもしれないが——

混乱してる彼女の頭が何を考えていたのかは、本人を含めて誰《だれ》にも解《わか》らない事だった。

——そうだ！　思い出した！　思い出した！

「だッ……だだ……ダークアウるぶぁッ」

思わずその名を呟《つぶや》くのと、彼女の頭にハンマーが振り下ろされるのは、ほぼ同時の事だった。

♂♀

翌日

『次のニュースです。東京《とうきょう》で起きた通《とお》り魔《ま》による傷害《しょうがい》事件の続報が入って来ました』

『意識《いしき》を取り戻した被害者《ひがいしゃ》女性の供述《きょうじゅつ》により、犯人はアニメーションキャラクターの格好《かっこう》をしていた事が判明《はんめい》し、警視庁《けいしちょう》は引き続き目撃者《もくげきしゃ》の情報《じょうほう》を――』

♂♀

10日後

『次のニュースです。東京で再び通《とお》り魔《ま》です。豊島区《としまく》の路上《ろじょう》を歩いていた男性が、後ろから来た男に鈍器《どんき》で殴《なぐ》られ、全治2ヶ月の重傷《じゅうしょう》を――』

『犯行の手口や目撃情報などから、警察は今月中旬《ちゅうじゅん》に都内《とない》で発生した通り魔事件と同一犯によるものという可能性も視野に入れ――』

『目撃情報によると、犯人は映画のキャラクターのような格好をしていたと――』

♂♀

15日後

『連続通り魔事件の続報です。また、新たな事件が発生しました』

『犯人は、今年の2月に映画化した人気アニメのキャラクターに扮装《ふんそう》していると見られ――』

『これで被害者は七人となり――』

『当該《とうがい》するアニメの原作漫画《まんが》を出版している馬央《まおう》出版は「被害者の方々の一日も早い快復《かいふく》をお祈り申し上げます。今回の事件は大変遺憾《いかん》であり、一日も早い事件の解決を警察に望んでいる」との声明を発表しました』

『先ほどのニュースの中で、【原作漫画】と表現しましたが、原作ではなく、コミカライズ版の間違いでした。訂正《ていせい》とお詫《わ》びを申し上げます。大変失礼《しつれい》致しました』

♂♀

20日後

『これが今回問題となっている作品、「アウル・オブ・ザ・ピーピングデッド」、通称「アブピ」ですが、これは企画《きかく》集団【ウォーキング・ウィズ・ウィザード】、通称【WWW《ダブルさん》】により制作された、ネットに端《たん》を発する多方向展開メディア企画であり、特にアニメーションが人気を博した作品となります』

『今日《きょう》は、コメンテーターとして、アニメ評論家の牛大良《うしだいら》ジャクソンさんにお来し頂《いただ》きました』

『宜《よろ》しくお願いします』

『牛大良さん。これが、通《とお》り魔《ま》が着ていたと見られているキャラクターグッズ、「ダークアウル」というキャラを模《も》したと言われるパジャマですが……これは、作中のキャラクターをイメージにした着ぐるみなんでしょうか？』

『いえ、イメージした、というよりも、キャラクターがまさにこのデザインのままのフード付き着ぐるみパジャマを着ているんです。素顔は作中でも明かされていませんので、この着ぐるみパジャマがそのままキャラクターとして認知《にんち》されていると考えて頂いて結構《けっこう》です』

『ありがとうございます。この作品は実写《じっしゃ》映画でもヒットを飛ばした事で、海外にも認知されている作品ですが——アニメや漫画《まんが》、実写版の表現について、この事件が起こる前から暴力《ぼうりょく》描写《びょうしゃ》が問題視されており——』

♂♀

池袋《いけぶくろ》西口　カラオケパセラ　個室内

「アブピは悪くないんすよ！　アブピは！」

腕をブンブンと振りながら、糸目《いとめ》の男が力説《りきせつ》した。

「確かに暴力描写は馬央《まおう》出版の青年漫画誌の中でもピカイチっすけど、そういう描写はゾンビ相手に限定されてるし、なにより作品のテーマは『殺されてゾンビになった後でも意識《いしき》を保ち続けた男が、自分を殺そうとしてくる人間達に対しても非暴力《ひぼうりょく》を貫《つらぬ》く』っていう話なんすよ！　人間をハンマーで襲《おそ》うなんて寧《むし》ろ作品の事を欠片《かけら》も理解してない奴《やつ》っすよ！」

するると、その隣《となり》に座っていた女性が、冷静な表情で口を開く。

「悪役の方に影響《えいきょう》受けたのかもねー。犯人、ダークアウルの格好《かっこう》してたらしいじゃん」

「くッ……悪役のダークアウルは、確かにゾンビの身体《からだ》を利用して池袋《いけぶくろ》の支配を企《たくら》む悪党っすけども……。でも、完全に悪役なんすよ！『俺《おれ》もこんな悪役になってやる』って言って悪の道に走るような人は元から救いようのない悪党なんだから、漫画《まんが》が影響を与えたわけじゃないと思うんすよ！　つまり、何が言いたいかっていうと……アブピは面白いって事っすよ！」

力説《りきせつ》する男の対面に座る者の反応は、糸目《いとめ》の男とは対照的《たいしょうてき》に冷ややかなものだった。

「はあ」

男に対して素《そ》っ気《け》ない返事をするのは、来良《らいら》学園の制服《せいふく》を着た少年——三頭池《みずち》八尋《やひろ》である。

別段相手を馬鹿《ばか》にしたり見下《みくだ》したりしているわけではなく、本気《ほんき》で『どう反応すればいいのか解《わか》らないから、とりあえず相槌《あいづち》を打とう』という程度の意味での返事だった。

尚《なお》もその漫画作品について力説を続ける糸目の男に対し、八尋は特に感情を動かす事も無く、さりとて聞き流す事もなく、ただ真剣に彼の言葉を聞き続ける。

八尋にとって、目の前の男は初対面《しょたいめん》だった。

一見すると話を聞き流してもいい状況ではあるのだが、八尋は学校の授業と同じように真剣にその男の話を聞き続ける。

何故《なぜ》、高校生の彼が初対面の男の愚痴《ぐち》をカラオケボックスで聞く事になったのか。

仕事。

単純に、それだけの話だった。

これは、つい数分前に、彼が自分で『やる』と決めたアルバイトの一環《いっかん》なのだから。

一章

「スネイクハンズへようこそ」

一章　スネイクハンズへようこそ

4月下旬《げじゅん》　池袋《いけぶくろ》　サンシャイン60階通り

「スネイクハンズ？　なんだその、ハンズの偽物《にせもの》みたいなの」

ゴールデンウィークを間近《まぢか》に控えた池袋。

やや混み合っている夕方のレストラン内で、高校生の一人が、そんな噂話《うわさばなし》を口にする。

どこにでもいるような高校生達の噂話であり、話した数時間後にはすっかり忘れてしまっていてもおかしくない、たわいも無い世間話《せけんばなし》の中にその単語《たんご》は現れた。

「ああ、あの首無《くびな》しライダーの彼氏《かれし》って噂の奴《やつ》だっけ？」

「そうそう、真っ黒い奴でさ、こないだの集団狂言誘拐《きようげんゆうかい》の事件あったろ？　それにも関わってたらしいよ？」

「関わってたって……どういう風《ふう》に？」

「さあ？　暴走族《ぼうそうぞく》だの暴力団《ぼうりよくだん》だのを一人でぶちのめしたって噂だけど……」

「狂言誘拐《きようげんゆうかい》で暴走族《ぼうそうぞく》？　なんだそりゃ？　あれって首無《くびな》しライダーファンの自作自演《じさくじえん》だったんだろ？」

　とりとめも無い話をする少年少女達の中で、一人がふと首を傾《かし》げる。

「俺《おれ》が知ってるのと違うなー」

「違うって、何が？」

「俺が聞いたスネイクハンズってさ、池袋《いけぶくろ》のなんでも屋だぞ？」

「何でも屋？　なにそれ？」

　首無しライダーとはまったくイメージの繋《つな》がらない単語《たんご》に、少年達が笑う。

「いや、なんつーかさ、どっかの情報《じようほう》サイトの広告から飛べるって話でさ、池袋周りでいろんな事やってくれるんだってよ」

「部屋の片付けとか？」

「いや、そういう便利屋《べんりや》っぽいのじゃなくて……。なんつーの？　喧嘩《けんか》の仲裁《ちゆうさい》とか、なんかヤバイ事やる時のボディーガードとか、そういう系《けい》？」

「どういう系だよ」

「なんか怖《こわ》くない？　それ？　それこそこっち系の人達が絡んで来そうなんですけど」

　頬《ほお》に傷をつける仕草《しぐさ》をしながら言う女子に、最初に言いだした男子が答えた。

「いや、マジで噂話《うわさばなし》だからよ。流石《さすが》にそんな怪《あや》しいとこに、ネットで何か頼む奴《やつ》なんているわけねえだろ？」

「そういう奴に限って引っかかんべよ」

「まじウケる」

「つか、聖辺《ひじりべ》ルリの新曲買った？」

「ああ、あれいいよね」「――――」「――」

　そうして、脈絡《みやくらく》もなく別の話題に消えて行く噂話。

　学生達は何事もなかったかのように食事を終え、そのまま席から立ち去って行く。

　ただ、横のテーブルに座っていた三頭池八尋《みずちやひろ》にとっては、その『スネイクハンズ』という単語が頭の中に何度も繰り返されていた。

「……」

「どうしたの、八尋君」

　向かいの席に座っている同級生の少女――辰神姫香《たつがみひめか》の声に、八尋はハッと我に返る。

　その様子《ようす》を見た、隣《となり》の席に座る緑髪《りよくはつ》の男子――琴南久音《ことなみくおん》が、からかい混じりの声をあげた。

「なんだなんだ？　もしかして女の子達と相席《あいせき》して柄《がら》でもなく緊張《きんちよう》してんのか？」

「そうかな。俺、緊張してるのかな？」

　首を傾げる八尋に、久音が溜息《ためいき》を吐く。

「マジに受けとってどうすんだよ。ほれ、お前の朴念仁《ぼくねんじん》っぷりに慣れてる姫香《ひめか》ちゃんはともかく、茜《あかね》ちゃんがどう反応していいのか困ってるじゃんよ」

そう言って久音《くおん》が視線を向けた先には、近隣《きんりん》にある中学校の制服《せいふく》を着た少女、栗楠茜《あわくすあかね》がいた。

「あ、私は、大丈夫《だいじょうぶ》です。すみません」

ペコリと頭を下げる茜に、八尋《やひろ》も頭を下げ返した。

「こっちこそゴメン、俺《おれ》、久音君が言うにはちょっと変らしいから」

「いえ、そんなことないです、ごめんなさい」

「いや、ごめん」

ペコペコ頭を下げ合う八尋と茜を見て、久音が堪《たま》りかねてツッコミを入れる。

「いつまで続ける気⁉」

「あ、ごめん」

「ご、ごめんなさい……」

「ストップ！　この話ここでジエンド！　謝るの禁止！」

流石《さすが》にキリがなくなりそうだと感じたのか、傍観《ぼうかん》していた姫香が話を変えるべく口を開いた。

「でも、茜ちゃんの先輩《せんぱい》、無事《ぶじ》に学校に戻れたみたいで良かったね」

「はい！」

茜が力強く頷《うなず》く。

彼女の先輩というのは、２週間ほど前に『首無《くびな》しライダー』に攫《さら》われたとして行方不明《ゆくえふめい》になっていたのだが、狂言誘拐《きょうげんゆうかい》という事が解《わか》り、無事《ぶじ》に街に戻って来た。

事件は一日二日テレビやネットを騒がせたものの、人死《ひとし》にも出なかった事から『示し合わせた家出《いえで》』という事となり、人騒《ひとさわ》がせな奇妙《きみょう》な事件として報じられただけで、すぐに都内《とない》で起きた通《とお》り魔《ま》の事件へと人々の関心が移ってしまっていた。

「よくもまあ、普通に戻れたもんだよな」

「先生にすっごく怒られてましたし、みんなにも色々言われたみたいだけど……一週間のずる休みぐらいに思われてるみたいで……」

「あー、確かになー。狂言誘拐もなにも、中坊連中《ちゅうぼうれんちゅう》にとっちゃただのずる休みだよな……。しっかし、色んなもんを巻き込んだ騒動《そうどう》だったっていうのに、すっかり通り魔の事件に塗り潰《つぶ》されちまったなあ」

久音の言葉に、八尋が言う。

「その方がいいよ。あまり騒ぎにならなくて良かったんじゃないかな」

「あ……いやいや、騒ぎになれば良かったって言ってるんじゃないんだぜ？　な？」

緑髪《りょくはつ》の少年が慌《あわ》てて否定したのは、目の前に狂言を行った人間の家族である姫香がいるからだろう。

茜の言う『先輩』というのは姫香の妹でもあり、更《さら》に言うならば、姫香の姉もまた狂言誘拐の当事者として事件に関わっていた身の上だ。

「姫香《ひめか》ちゃんのお姉《ねえ》さんも、無事《ぶじ》に退院できそうで良かったね」

「うん……仕事にも、特別に復帰できそうだって」

「あ、そうなんだ」

「マジで？」

安堵《あんど》したように言う八尋《やひろ》と意外《いがい》そうに言う久音《くおん》に、姫香が説明を付け加える。

「姉さんの雑誌《ざつし》が、その事件の特集を組みたいらしいの。当事者の生激白《なまげきはく》があるならそれに越した事はないって」

「それって、事件そのものが雑誌が仕掛けたやらせだって疑われるんじゃね？」

「姉さんの雑誌、そういうの気にしないみたいだから……」

「それもすげえ話だねえ」

不思議《ふしぎ》そうに言いながらクリームソーダのアイスをストローで弄《いじ》る久音の横で、八尋は少し嬉《うれ》しそうに微笑《ほほえ》みながら言った。

「でも、本当に良かったよ。どんな形でも、また姉妹みんなで暮らせるようになって」

「まあ、そうなるのかな」

報道でも姫香の姉妹の名前は出なかった為《ため》、学校などで揶揄《やゆ》されている様子《ようす》はない。

八尋はその事にも安堵しながら、更《さら》に言葉を続けた。

「うん、姫香ちゃんも前より元気になったし」

「……そう見える？」

「違うの？」

「……そうだけど」

朴念仁《ぼくねんじん》同士の会話を前に、久音がオーバーな仕草《しぐさ》で口を開く。

「ええい、なんだお前ら⁉　もう一回言うぞ！　なんだお前ら！」

「どうしたの？　琴南《ことなみ》君」

「え？　俺《おれ》、何か間違えた？」

眉《まゆ》一《ひと》つ動かさない姫香と、素《す》で首を傾《かし》げる八尋に、久音は頭を掻《か》きむしった。

「あーもう！　お前らロボット同士の会話かよ！　もうちょいこう、年頃《としごろ》の男女らしい艶《つや》っぽい会話とかしろよ！」

「琴南君、女子中学生の前で何を言ってるの？」

冷静に言いながら茜《あかね》の方をチラリと見る姫香。

茜は特に久音の言葉を気にしていないようで、寧《むし》ろ話の続きが気になるというように姫香と八尋を交互に見つめていた。

久音は自分一人が蚊帳《かや》の外にいるような気になり、クリームソーダをスプーンでグリグリとかき混ぜながら八尋に対して愚痴《ぐち》を零《こぼ》す。

「くそ、そういやお前もいつの間にか『辰神《たつがみ》さん』から『姫香《ひめか》ちゃん』呼びに変えやがって。狙《ねら》ってんのか？　狙ってんだろお前、え？　さてはお前姫香ちゃんの事好きなんだろバーカバーカ！」

小学生のような文句《もんく》を言いながら、アイスとソーダが溶け合った液体をストローで啜《すす》る久音《くおん》。

そんな彼の言葉に、八尋《やひろ》はあっさりと答えた。

「好きか嫌《きら》いかで言ったら、それはもちろん好きだよ？　姫香ちゃんは綺麗《きれい》だし、いい人だし」

「……」

「……」

久音は頬《ほお》を引きつらせながら八尋を見て、茜《あかね》はあわあわと顔を赤くしながら姫香の顔をチラチラと覗《のぞ》いている。

当の姫香は、やはり表情を変えないまま、淡々《たんたん》とした調子で口を開いた。

「私も嫌いじゃないけど、男女の関係とかについては、まだそういう事が言える時期じゃないし、簡単に決めていい事でもないと思う」

姫香の言葉を聞いて、八尋はあっさりと頷《うなず》いて見せる。

「そうだね、ごめん。変なこと言って」

「別に、謝る必要はないと思うけど」

二人の会話を聞き、茜は顔を赤くしながら頭に疑問符《ぎもんふ》を浮かべており、久音は苦虫《にがむし》を噛《か》み潰《つぶ》したような顔で先刻《せんこく》とほぼ同じ言葉を口にした。

「ええい、なんだお前ら⁉　何度も言うけど、なんッなんだお前ら！」

そんな堂々巡《どうどうめぐ》りが繰り返された後、クリームソーダを飲み干した久音がおもむろに話題を変える。

「しっかし、世の中物騒《ぶっそう》だよなあ。さっきも言ったけど、今じゃすっかり通《とお》り魔《ま》の騒《さわ》ぎで持ちきりだぜ。連続通り魔事件になったからって、街じゃ『切《き》り裂《さ》き魔《ま》の再来か』なんて騒がれてるしよ」

「切り裂き魔……」

「あ、八尋は知らないか。一昨年《おととし》ぐらいに、すげえ騒ぎになった切り裂き魔事件」

「いや、噂《うわさ》ぐらいは知ってるよ」

池袋《いけぶくろ》について調べた時に、『リッパーナイト』の話を目にした事はある。

ダラーズや黄巾賊《こうきんぞく》といったカラーギャングとの関わりもあるのではないかという推測《すいそく》もあったが、結局犯人は有耶無耶《うやむや》なまま自然消滅《しょうめつ》したらしい。

「でも、今のニュースでやってる犯人ってトンカチを使ってるんだよね？　だったら、少なくとも同じ犯人じゃないんじゃない？」

「解《わか》らないよ。もしかしたら、犯人が気分を変えただけかもしれないし。血を見る事に飽きて、何かを叩《たた》く感覚の方に取り憑《つ》かれたって可能性もあると思う」

淡々《たんたん》と物騒《ぶっそう》な事を言う姫香《ひめか》に、八尋《やひろ》が「なるほど」と頷《うなず》いた。

姫香は鯖《さば》の塩焼き定食を食べ終えると、パンケーキをもふもふと頬張《ほおば》っている八尋の顔を見ながら言う。

「まあ、通り魔《とおりま》もそうだけど、私達、もっと物騒な人と関わってるんじゃない？」

「え？　誰《だれ》？　首無《くびな》しライダーさん？」

フォーク片手に首を傾《かし》げる八尋。

暫《しば》しの沈黙《ちんもく》の後、ハっと茜《あかね》が何かに気付いたように声を上げた。

「わ、私の事ですか、ごめんなさい……」

粟楠会《あわくすかい》の会長の孫娘《まごむすめ》である自分に関わったせいで、何か危ない目に遭《あ》うかもしれない。

その危険性を嫌《いや》と言う程知っている茜は、自分の事に違いないと謝ったのだが――

「茜ちゃんの事じゃないわ、気を遣《つか》わせるような事を言ってごめんなさい」

姫香は逆に謝罪《しゃざい》した後、その『物騒な当人』にハッキリと言い放つ。

「……貴方《あなた》の事だよ、琴南《ことなみ》君」

「えッ⁉　俺《おれ》⁉」

大仰《おおぎょう》に驚いてみせる久音《くおん》に、彼女はハッキリと言った。

「……『スネイクハンズ』、って何？」

「！」

それに、八尋が反応する。

彼はパンケーキを食べる手を止め、隣《となり》に座る久音の顔を覗《のぞ》き見た。

一方久音は、わざとらしい口笛《くちぶえ》を吹きながら店の天井《てんじょう》を仰《あお》いでいる。

「なんだろうね？　さっき隣の席の連中《れんちゅう》が話してた奴《やつ》だろ？　俺が思うに、こないだの一件で現れた首無しライダーの彼氏《かれし》とやらの渾名《あだな》じゃないかなって思うぜ？」

「とぼけないで」

姫香は無表情のままスマートフォンを取り出し、とある画面を突きつける。

横から首を伸ばし、八尋もその画面に目を向けた。

すると、そこにはこんな事が書かれている。

『池袋《いけぶくろ》の揉《も》め事《ごと》、解決します。

人捜《ひとさが》しからイジメの復讐《ふくしゅう》、用心棒《ようじんぼう》までなんでもござれ！

池袋互助会《ごじょかい》　スネイクハンズ』

ページにはただそれだけが書かれていて、具体的な仕事内容や報酬《ほうしゅう》についての情報《じょうほう》、連絡《れんらく》先《さき》すら書かれてはいなかった。

これだけならば、普通の者は単なる悪戯《いたずら》としか思わないだろう。

「なんだい、これ……ただの変なページじゃん」

笑って誤魔化《ごまか》す久音《くおん》に、姫香《ひめか》は尚《なお》も続けた。

「望美《のぞみ》さんが運営してるっぽいサイトだけに、隠《かく》し広告って形で載《の》ってたよ？」

「姉《ねえ》ちゃんの悪ふざけだろ？」

「その後に色々やったら開けるページに載ってた、『首無《くびな》しライダーに関する情報《じょうほう》アリ』っていうのは、流石《さすが》に悪ふざけが過ぎると思うけど？」

暫《しばら》く黙《だま》った後、久音が観念したように息を吐く。

「参《まい》ったね。ただクリックするだけじゃ、そこまで辿《たど》り着けないようになってんだけどなあ」

「パズルとか宝探しは、少しだけ得意なの」

「ったく、姉ちゃんが色々《いろいろ》喋《しゃべ》っちゃうからさあ……」

姉への愚痴《ぐち》をブツブツと言った後、久音はさらりと表情を変えて語りだした。

「ま、いいさ。どうせ、時期を見て姫香ちゃんと八尋《やひろ》には話そうと思ってたんだ」

「……」

「話？」

警戒《けいかい》する姫香とは対照的《たいしょうてき》に、きょとんとした表情で尋《たず》ねる八尋。

そんな級友に対し、久音は悪人めいた笑《え》みを浮かべ、小さな声で囁《ささや》いた。

「ああ、話さ。それも、儲《もう》け話だ」

「儲け話？」

流石に怪《あや》しいと感じたのか、八尋も目に警戒の色を浮かべて久音の話に耳を傾ける。

すると、悪い顔をしたまま、久音が口元を一際《ひときわ》深くつり上げた。

「ああ、池袋《いけぶくろ》のトラブルを解決して、金まで稼《かせ》げる美味《おい》しい倶楽部を作ったんだ」

「組織《そしき》の名前は【スネイクハンズ】……お前の裏の渾名《あだな》だよ、八尋」

♂♀

川越街道《かわごえかいどう》　新羅《しんら》のマンション
「スネイクハンズスネイクハンズ……スネイク……ハンズ……！」
広いマンションの室内に、呪詛《じゅそ》のような言葉が響《ひび》き渡る。
「くうー！　まったく！　何が蛇《へび》の足だい！　多けりゃいいってもんじゃないよ！　『薬も過ぎれば毒《どく》となる』って言葉を知らないのかって言いたいね！　過ぎたるは及ばざるが如《ごと》しとはまさにこの事さ！　まさに！　この事だよ！　まさに！」

プンスカと子供のように怒っている新羅《しんら》を見て、セルティは呆《あき》れたように肩を竦《すく》めた。

『突然どうした。また八尋《やひろ》君の事か』

「そうだよセルティ！　良く解《わか》ったね！　流石《さすが》セルティ、以心伝心《いしんでんしん》、僕と心が繋《つな》がってるわけだね！　セルティのものはセルティのもの、僕の物もセルティのもの、だけど君の心だけは僕のものだよセルティ！」

数秒前までの怒りをコロリと翻《ひるがえ》し、デレた顔になってセルティの手を摑《つか》む。

セルティはそんな新羅を適当にあしらいながら、彼が見ていたノートパソコンに目を向ける。

するとそこには、『スネイクハンズ』という噂《うわさ》について語っている、とある掲示板《けいじばん》のページが開かれていた。


『こないだ話題になってた首無《くびな》しライダーの連れ、スネイクハンズって呼ばれてるみたいだぜ』

『どこ情報《じょうほう》よ』

『ほら、あの暴走族《ぼうそうぞく》の……【屍龍《ドラゴンゾンビ》】の連中《れんちゅう》だよ』

『あいつらが勝手《かって》に言ってるだけじゃね？』

『でも、他に呼び名とか無いしな。首無しライダーの恋人じゃ呼びにくいし』

『そういや首無しライダーって男なの、女なの？』

『女だって噂があるけど……。まあ、だとしたらスネイクハンズは彼氏《かれし》って事になんのかな』

「酷《ひど》い風評被害《ふうひょうひがい》だ！　セルティの彼氏は僕なのに！　噂が収まるどころか広まってるよ！　こうなったら、ネット百科事典《ひゃっかじてん》の『首無しライダー』のページに片っ端《かたぱし》から『セルティは岸谷新羅《きしたにしんら》という彼氏と同棲中《どうせいちゅう》。毎日イチャラブな生活を送っている』って書き込むしか……」

『要出典《ようしゅってん》！』

「痛い⁉」

影で作ったピコピコハンマーで思い切り叩《たた》かれる新羅。

頭を押さえて床にゴロゴロと転がる同居人《どうきょにん》を見て、慌《あわ》てて駆《か》け寄るセルティ。

『あれ⁉　思ったより硬かったみたいだ……。すまなかった、大丈夫《だいじょうぶ》か』

「大丈夫だよセルティ。僕は君から与えられる痛みだってきちんと愛せるから！」

新羅はすぐに回復し、影でできたピコピコハンマーを手に取った。

「それにしても八尋君とやらが羨《うらや》ましいよ。セルティの手縫《てぬ》いの衣装《いしょう》を貰《もら》えるだなんて」

『手縫い……と言っていいのかな？』

「ねえセルティ」

『お前にはやらないぞ』

相手の言葉を待たず、キッパリと言うセルティ。

「ええッ⁉」

『お前の場合、一度そうやって何かをやったら際限なく色々要求してくるからな』

「まあ……否定はしないけど」

残念そうに顔を伏せる新羅《しんら》に、セルティは溜息《ためいき》を吐きながら言った。

『だから、まあ、なんだ……次の誕生日《たんじようび》の時まで待っててくれ』

少し恥《は》ずかしそうに文字を紡《つむ》ぐセルティに、新羅は一瞬《いっしゅん》だけポカンと口をあけ——

次の瞬間《しゅんかん》、歓喜《かんき》に満ちた声を上げ始める。

「うわあ！　ありがとうセルティ！　セルティありがとう！　その日が来ると解《わか》ってる……それだけで、僕が僕として生きる理由になるよ！」

『大袈裟《おおげさ》な奴《やつ》だな』

「僕の誕生日は4月2日だから、あと11ヶ月ちょっとだね！　楽しみだなあ！」

ウキウキしながら一年後の予定をノートパソコンのカレンダーに書き込む新羅を見て、セルティは『やっと機嫌《きげん》が直ったか』と安堵《あんど》していた。

すると、机の上にあったセルティの携帯電話《けいたい》——普段会話に使っているスマートフォンではなく、仕事用の電話として持ち歩いているガラケーがなり始める。

「おや、メールの着信《ちやくしん》だよだセルティ……えッ？」

新羅はふと、その携帯電話ディスプレイに映し出されたメールの送り主の名前を見て、再び全身を強ばらせた。

【スネイクハンズ】

　その文字列を見て、新羅が叫ぶ。

「くうー！　『噂《うわさ》をすれば影』とはこの事だよ！　セルティもわざわざそんな渾名《あだな》で登録《とうろく》するなんて！　セルティが蛇足《だそく》好きなら、僕はムカデと遺伝子《いでんし》合体《がったい》する事もやむなしもごくごご」

『誤解《ごかい》だ、勘違《かんちが》いするな』

　新羅の口を影で塞《ふさ》ぎながら、セルティは電話を手にとりつつ、もう片方の手でスマートフォンに文字を器用《きよう》に打ち込んだ。

『こっちのスネイクハンズっていうのは八尋《やひろ》君の事じゃない』

「え？」

　ガラケーのメール確認《かくにん》ボタンを押しながら、セルティは新羅とも会話をし続ける。

『前にも言ったろ、新しいバイトがあるって』

『スネイクハンズっていうのは、そのバイト先の名前だよ、新羅』

♂♀

翌日　池袋《いけぶくろ》　カラオケパセラ　個室内

「いやいや、君が八尋《やひろ》君っすね！」

「へー、かわいい子じゃん」

久音《くおん》に呼び出された八尋が指定された部屋に入ると、そこには見知らぬ男女が一組いた。

国際児《こくさいじ》と思《おぼ》しき糸目《いとめ》の男と、黒い服を纏《まと》った黒髪《くろかみ》の女だ。

歳《とし》は20代前半といった所だろうか。

久音の前に座っているその二人は、入って来た八尋を見て気さくに話しかけてきた。

「どもども、遊馬崎《ゆまさき》ウォーカーっす」

「狩沢絵理華《かりさわえりか》だよ、よろしくね」

「あ、どうも……三頭池《みずち》八尋です」

ペコリと頭を下げる八尋は、久音の隣《となり》に座りながら問いかけた。

「ええと……久音君の知り合い？」

「いやー、俺《おれ》っていうより、青葉先輩《あおばせんぱい》の知り合いみたいな感じでさ、街で何度か話した事があるぐらいなんだけど……」

「青葉っちも元気してる？」

「あ、はい、相変わらずですよ」

「そっかそっか。最近ドタチンに目ぇ付けられて大人《おとな》しくしてたからねー」

ケラケラと笑う狩沢に、八尋は首を傾《かし》げる。

「ドタチン？」

「ああ、こっちの話。で、君はくおっち……あー、久音君とどういう関係なの？」

「ええ、友達です」

あっさり答える八尋に、狩沢が更《さら》に尋《たず》ねた。

「親友？」

「どうでしょう。生まれて初めてできた友達だから、良く解《わか》りません」

照れる事なくあっさりと答えると、久音が呆《あき》れたように苦笑《くしょう》しながら目を背ける。

「へー、ふー、ほー」

狩沢と名乗った女は、そんな反応の二人をジロジロと睨《ね》め回す。

「生まれて初めての友達かー。いいじゃんいいじゃん。お姉《ねえ》さんそういうシチュ大好きだよ？くおっちが照れてるのもかわいいねえ」

「シチュー？」

更《さら》に首を捻《ひね》る八尋《やひろ》に、遊馬崎《ゆまさき》が冷《ひ》や汗《あせ》を掻《か》きながら言った。

「ええと、基本的にこの人の言う事は気にしなくていいっすよ」

「ああ、ゴメンゴメン、お姉《ねえ》さんつい頭の中で二人を二次元《にじげん》にしちゃったよ」

「二次元……？」

「気にしなくていいっすよ。本当に」

そんな会話を暫《しばら》く続けた後、遊馬崎と名乗った男が本題を切り出した。

「いや、実はっすね。俺達《おれたち》、『スネイクハンズ』のサイトから辿《たど》ってコンタクトを取ったんすけど、そしたらなんとビックリ、久音《くおん》君がそこのメンバーだって言うじゃないっすか」

「いやあ、俺もメールフォームから届いた名前見てビックリしたんだけどさ」

肩を竦《すく》める久音。

また何かの企《たくら》みではないかと八尋は思ったが、今の彼の表情からは久音独特のわざとらしさが無かったので、そのまま信じる事にした。

「で、遊馬崎さん達の依頼なんだけどよ……今までは俺とか知り合いのツテだけでどうにか対《たい》処《しょ》できた仕事だったんだけど、今回はちょっと厄介《やっかい》でさ。人手《ひとで》がいるんだよ」

「俺なんかより、いつも一緒《いっしょ》にいる青葉《あおば》先輩《せんぱい》達の方がいいんじゃない？」

「いやあ、誰《だれ》でもいいってわけじゃねえんだ。特殊《とくしゅ》な人手がいるんだよ」

少し溜《た》めた後、久音は八尋の目を見ながらハッキリと言い放つ。

「……喧嘩《けんか》が、異様《いよう》に強い奴《やつ》とかな」

「……」

僅《わず》かな沈黙《ちんもく》。

「おッ、……もごごご」

「狩沢《かりさわ》さん、ステイっす。ステイステイ」

顔を向け合う二人を見て何か言いかけた狩沢の口を、遊馬崎が手で押さえ込んだ。

静寂《せいじゃく》に包まれた室内。

暫《しば》し無表情のまま久音を見つめ、溜息《ためいき》を吐いた後に八尋が答えた。

「ごめん、久音君。俺、そういうのを仕事にするようなのはちょっと……」

不快や苛立《いらだ》ちではなく、八尋は純粋《じゅんすい》に申《もう》し訳《わけ》なさそうな顔をしている。

そうして頭を下げた彼に対し、久音が慌《あわ》てて手を振った。

「ああ、待て待て！　違う違う！　別に殺し屋とか殴《なぐ》り屋みたいなマネしろとかそういうんじゃねえから！」

「違うの？」

首を傾《かし》げる八尋に、遊馬崎が頷《うなず》いた。

「そうっすよ。俺ら、そんな仕事に高校生を雇《やと》う程外道《げどう》に見えるっすか？」

「……見えません」

「でしょ？」

両手を広げる遊馬崎《ゆまさき》を見た後、八尋《やひろ》は久音《くおん》に頭を下げる。

「そっか。ごめん、久音君。誤解《ごかい》してた」

「……いや、素直に謝られると、逆に話を進めづらくなっちまうんだけどさ……」

「？」

「こっちから殴《なぐ》るような仕事じゃねえんだけどさ……場合によっちゃ、殴られる可能性があるっていうか……」

言葉を濁《にご》す久音の代わりに、狩沢《かりさわ》がハッキリと言った。

「通《とお》り魔《ま》」

「え？」

「私達ね、最近噂《うわさ》の通り魔を探してるの。できれば警察よりも先に見つけたいんだけどさー、流石《さすが》に人手《ひとで》も手がかりも足りなくてねー。そしたら、池袋《いけぶくろ》の情報《じょうほう》サイト？『いけニュ～』って所で広告見つけて、色々とやって連絡先《れんらくさき》まで辿《たど》り着けたってわけ」

「まさか知り合いだとは思わなかったっすけどね」

遊馬崎の言葉を受け、狩沢は大きく頷《うなず》いてから八尋を見る。

「でも、相手は通り魔だからさー。いくらくおっちとはいえども、やっぱり子供を危ない目には遭《あ》わせられないって思ってたんだけどね？　くおっちが『八尋なら大丈夫《だいじようぶ》だ』って自信満々でいうもんだからさー」

「そしたら、くおっちから教えて貰《もら》ったの。最近話題になった、シズシズと喧嘩《けんか》してる子の動画《どうが》？　あそこに映ってる子が八尋君だって」

「……」

「だとしたら、下手《へた》な大人《おとな》よりは安全なのかなーって思って。でもやっぱり子供を巻き込むのは反対って思いもあるし、ドタチンも怒りそうだし……って思ってたら、くおっちが切り札《きふだ》出してきてさー」

「切り札？」

八尋の疑問に、遊馬崎が笑いながら頷いた。

「セルティさんも君達の仲間だって聞いて、俺《おれ》ら安心したんすよ」

「セルティさんが？」

驚いて久音を見る八尋。

久音は「ま、そういう事なんだわ」と苦笑《くしよう》し、誤魔化《ごまか》すように目を逸《そ》らした。

「ええと……お二人もセルティさんのお知り合いなんですか？」

「セルっちの家にもたまに遊びに行くよー」

「家に遊びに行くだなんて……。そんなの、もうそれこそ親友じゃないですか」

「君の親友のハードル低いね⁉」

驚きながらも「それはそれで」と謎《なぞ》の笑《え》みを浮かべる狩沢《かりさわ》。

彼女の様子《ようす》に溜息《ためいき》を吐いた後、遊馬崎《ゆまさき》が言葉を続けた。

「いやー、最初からセルティさんに頼む事もできたんすけど、やっぱり危ない事っすからね」

「動画《どうが》を撮《と》ってくれっていうのとは違って、気軽に頼める事じゃないしねー。それにセルッち、きっと頼んだら無報酬《むほうしゅう》でやってくれちゃうような気がするんだよね……。それは流石《さすが》に申《もう》し訳《わけ》ないと思ってたんだけど、ちゃんと『仕事』として頼めるならそれがいいかなって」

「ええ、ですから、別にその通り魔《とおりま》を倒せってわけじゃなくてですね、セルティさんがその通り魔に近づけるように、街の噂話《うわさばなし》とかを集めるのに協力して欲しいんすよ。俺《おれ》らじゃ流石に、現役《げんえき》高校生とかのネットワークには近づけないっすからねえ」

「なるほど」

納得《なっとく》したと頷《うなず》く八尋《やひろ》に、久音《くおん》がここがチャンスとばかりに続けた。

「ほら、要はこないだの人攫《ひとさら》い事件でやった事と同じだって。ただ、もしかしたら通り魔に目を付けられて襲《おそ》われるかもしれねえから、喧嘩《けんか》が強いお前なら安心ってわけよ」

「俺は別に、喧嘩が強いってわけじゃ……」

「謙遜《けんそん》するなって！　お前がどう思おうが、静雄《しずお》さんと殴《なぐ》り合える時点で周りの評価《ひょうか》は『喧嘩が強い』なんだよ！　もうそこは諦《あきら》めようぜ？　それによ、通り魔が警察にも捕《つか》まらねえで街を闊歩《かっぽ》してるなんて嫌《いや》だろ？　俺や姫香《ひめか》ちゃんもいつ襲われるか解《わか》らないんだしよ！」

「それもそうだね」

　あっさりと頷く八尋に、久音は逆に不安を覚えた。

「いや……煽《あお》った俺が言うのもなんだが、お前、ちゃんと解ってるか？」

「うん。この前の一件で決めたんだ。俺は結局暴力《ぼうりょく》しか才能がないんだと思う。だからせめて、その使い所を間違えないようにしたいんだ」

　真剣な目をして、照れもせずに八尋が断言する。

「今の俺にハッキリ解る『正しい事』っていうのは、姫香ちゃんや久音君みたいな友達を守る事ぐらいしかないんだ。だから、通り魔を捕まえる事に協力するのは納得できる」

「おいおい、ヤブへビって事もあるぜ？　下手《へた》に関わったせいで俺や姫香ちゃんが通り魔に狙《ねら》われたら本末転倒《ほんまつてんとう》だろ？」

　久音は考え無しの八尋を窘《たしな》めたつもりでその言葉を吐き出した。

　しかし、したり顔の彼に対し、凶悪《きょうあく》なカウンターが打ち返される。

「俺がここでそう言って身を引いても、久音君は俺に隠《かく》れてでも関わるだろう？」

「……」

「どうせ通り魔を敵に回す事になるなら、何も知らないうちに不意打《ふいう》ちされるよりは、ちゃんと向き合った方が……まだ怖くない、、、」

奇妙《きみょう》な言い回しで言った後、八尋《やひろ》は黙《だま》り込む久音《くおん》を余所《よそ》に、遊馬崎《ゆまさき》達へと向き直る。

「俺《おれ》で良ければ、お手伝いさせて頂《いただ》きます」

淡々《たんたん》と頭を下げた八尋に、狩沢《かりさわ》が笑いながら言った。

「そんな畏《かしこ》まらなくていいよ。ちゃんと報酬《ほうしゅう》も払うわけだし。対等なビジネス関係って事だし。ま、その辺は久音君と話しといて。とにもかくにも、私達がお金を払うのはあくまで情報蒐《じょうほうしゅう》集《しゅう》なんだから、少しでも危ないって思ったら、すぐに身を引いてね？　いくら君が喧嘩《けんか》強いからっていっても、危ない事は大人《おとな》がちゃんとやるから、そこは絶対意地《いじ》とか張っちゃだめだよ？」

「ありがとうございます」

再度頭を下げつつ、八尋はふと頭によぎった疑問を口にした。

「でも、なんで警察でもない狩沢さん達が通り魔《とおりま》を？」

もしかして親戚《しんせき》や友達が襲《おそ》われたのではなかろうか。

八尋はそう思って、確認《かくにん》のために尋《たず》ねたのだが――

返事の代わりに、遊馬崎がリュックから本の束《たば》を持ち出し、テーブルの上に並べ始めた。

「？」

どうやら漫画《まんが》の単行本《たんこうぼん》のようだ。

タイトルは、八尋にも覚えがある。

『アウル・オブ・ザ・ピーピングデッド』というタイトルの漫画で、漫画よりもアニメーションや実写《じつしゃ》映画で有名な作品だ。

「一番メジャーなのはアニメなんすけどね。まあいきなりＤＶＤを全巻貸すのもあれですし、敷居《しきい》の低い漫画版からという事で一つ」

遊馬崎はニコニコと笑いながら、本を久音と八尋に差し出した。

「事件を語るには……そう、まずはこれを読んで貰《もら》う必要があるっす！」

「これを？」

まだ詳しい事情を聞いていないのか、久音も首を傾《かし》げている。

「いや、確かに、通り魔はこれのキャラのコスプレしてるって話ですけど……」

「犯罪《はんざい》行為するような奴《やつ》はコスプレじゃないっす！　原作への侮辱《ぶじょく》っすよ！」

遊馬崎は突然語気《ごき》を荒くし、机上《きじょう》に置いてあったマイクを手にとり、スイッチを入れて力強く部屋中にその言葉を響《ひび》かせた。

「アブピは悪くないんすよ！　アブピは！」

10分後

「ところが、作品の途中《とちゅう》でとんでもない事が判明《はんめい》するんすよ……。一度自我《じが》を失っていた状態から、自我《じが》を取り戻したゾンビが現れるんす。それで主人公《しゆじんこう》のザ・アウルはショックを受けるんすよ。もう元には戻らないと思って殺して来たゾンビ達を、救う方法があったのかもしれないって。彼らは病気だ、治る筈《はず》だと言い続けたゾンビ保護団体《ほごだんたい》の言う通りだったのかと……」

「あの、さーせんっす、遊馬崎《ゆまさき》さん、読みます、その漫画《まんが》読みますから、この辺で……」

「あああッ！　俺《おれ》とした事が申《もう》し訳《わけ》無い！　これから読む子の前でネタバレを口にしてしまうなんて……！　オタク失格っす！　一生の不覚！」

久音《くおん》の言葉を聞いて本気《ほんき》で落ち込み始める遊馬崎を前に、八尋《やひろ》がフォローの言葉を入れる。

「大丈夫《だいじょうぶ》ですよ、その流れは俺も知ってますから」

「え？　もしかして八尋君、アニメか漫画を？」

「いや、俺が見たのは実写映画《じつしゃ》です」

「ああ、実写版！　あれもいい出来だったっすよね！　ネットの偽《にせ》の『ゾンビ情報《じょうほう》サイト』から始まった企画《きかく》が、アニメと漫画で同時進行して、ついには実写映画に！　でも、噂《うわさ》じゃアニメよりも先に実写の企画が動いてたなんて話もあるから、最初から実写を想定《そうてい》して企画してたのかもしれないっすね」

するとと、狩沢《かりさわ》も目を輝かせてその話に加わり始めた。

「そうそう、実写化なんて上手《うま》くいくのかなって思ったけど、凄《すご》い凝《こ》ってたよねー」

「ええ、低予算でＣＧはそう多く無かったですけど、その分だけ石榴屋天神《ざくろやてんじん》さんのゾンビメイ

「おお、石榴屋さんの名前知ってるって、八尋君、君、結構《けっこう》いける口っすね？」

ようやくカラオケボックスという場に見合った盛り上がりを見せ始める中、一人だけ置いてけぼりとなった久音が、目を丸くしながら八尋に問いかける。

「お、おい、お前、このアウルオブザなんとかに詳しいの？」

「漫画やアニメは知らないけど……映画はＤＶＤを買って自分の家で見たから」

「お前、映画なんて観《み》るんだ」

「そりゃ観るよ」

心外《しんがい》だとばかりに言った後、八尋が過去を懐《なつ》かしんだ。

「友達とかいなかったからさ、趣味《しゅみ》って言ったら家で一人で映画見る事ぐらいだったし」

「おいやめろ、そういう聞いた方まで寂しくなる事を言うな」

「寂しくなるの？」

「これが自称《じしょう》ボッチのかまってちゃんが『どう、俺ってかわいそうでしょ？』って気を引くために言ってるなら俺もアーハイハイって適当に相づちうって無視《むし》するけどよ。お前そういうの無しで素《す》で言うんだもんよ。どうリアクションしていいかわかんねえよ！　かわいそうな奴《やつ》だなって素直に言うのも気が引けるよ！」

久音の怒濤《どとう》の物言いに対し、八尋が目を丸くする。

「俺《おれ》、かわいそうだったの？」

オロオロとして周囲を見る八尋《やひろ》の頭を、身を乗り出して狩沢《かりさわ》が撫《な》でる。

「大丈夫《だいじょうぶ》、大丈夫、かわいそうだけどかわいいかわいい」

「!?」

突然頭を撫でられた八尋は、尻尾《しっぽ》を摑《つか》まれた猫《ねこ》のようにビクリと身体《からだ》を震わせた。

そんな奇妙《きみょう》な空気の中、遊馬崎《ゆまさき》は熱く語り続ける。

「とにかく、アレっすよ！　アレなんすよ！　俺は、犯人が許せないんす！　『WW《ダブルさん》』の面子《メンツ》には俺の昔の同人《どうじん》仲間もいて、最近の事件に本当に心を悩ませてるんすからね！」

「なるほど」

仲間が巻き込まれているのならば、この遊馬崎という人物の怒りももっともだ。

八尋は相手の動機《どうき》に納得《なっとく》しつつ、それでも疑問に思った事を口する。

「でも……犯人をセルティさんが捕《つか》まえたとして、その後、どうするんですか？」

当然と言えば当然の問いに対し、遊馬崎と狩沢は顔を見合わせ、爽《さわ》やかな笑顔で答えた。

「俺達はただ、犯人と話をしてみたいだけっすよ」

「そうそう、紳士的《しんしてき》にね」

「なんでアニメやアニメファンの評判《ひょうばん》が堕《お》ちるような事をしたのかなっていう事を聞いてみたい……それだけ、ただそれだけっすよ」

「そうそう、話を聞くだけだよ。じっくりと、身体にね」

憶病《おくびょう》な八尋の本能は、二人の笑顔の裏にとても恐ろしい圧力を感じ——それ以上は深入りすまいと心に決めた。

♂♀

一時間後　カラオケボックス　廊下

その後、話を詰めた後に『交流会』と称して狩沢と遊馬崎によるアニソン大会が始まった。

八尋は殆《ほとん》ど知らない曲ばかりだったが、自分が入れた映画の主題歌《しゅだいか》などには反応してくれたのが嬉《うれ》しく、初めてのカラオケ体験をそれなりに満喫《まんきつ》する。

人前で自分の好きな歌を歌うという初めての経験《けいけん》にドキドキしていた八尋だったが——

トイレに行こうと部屋を出た時、廊下で電話をしていた久音《くおん》と鉢合《はちあ》わせになった。


「……ああ、後でまた電話するよ、姉《ねえ》ちゃん」

携帯《けいたい》電話を切った久音は、八尋に対して肩を竦《すく》める。

そして、八尋に対して不敵《ふてき》な笑《え》みを浮かべ、挑発《ちょうはつ》するように言った。

「怒ってるか?」

「何が?」

「何がって……俺《おれ》に対してだよ」

「?」

八尋《やひろ》は本気《ほんき》で首を傾《かし》げる。

何か久音《くおん》が自分を怒らせるような事をしただろうか? だとするならば、自分が同じ間違いをしないようにしなければと必死に考え始めた。

東京《とうきょう》だと怒る所が何かあったのかもしれない。

その様子《ようす》を見た久音が、苛立《いらだ》たしげに八尋を咎《とが》めたてる。

「あのな、怒る所だらけだろうがよ。なんで解《わか》んねえかな」

「本当に?」

「……俺はな、お前を利用しようとしてるんだぞ?」

久音は身も蓋《ふた》もない事を口にし、そんな自分に舌打《したう》ちをした後、八尋に文句《もんく》を言い始めた。

「平和島静雄《へいわじましずお》と喧嘩《けんか》したのがお前だっていうのもあっさりあの二人にバラしたし、お前が喧嘩が強いっていう理由で物騒《ぶっそう》な仕事に引き込んで、商売の餌《えさ》にしようとしてるんだぞ? それをちゃんと理解してるか? そもそも、俺の姉《ねえ》ちゃんから聞いたんだろ? 俺は、最初からお前を利用しようとして近づいたって事もよ!」

「うん」

「うん、ってお前……」

「でも、それ、そんなに怒る事かな？」

沈黙《ちんもく》。

久音は即座《そくざ》に言葉を返す事ができず、廊下には防音壁を通した各部屋からの些細《ささい》な歌声だけが響《ひび》き続けていた。

そして、眉《まゆ》を顰《ひそ》めながら、久音がゆっくりと口を開いた。

「……お前、どんな時に怒るんだよ」

あまりといえばあまりな八尋の答えに、久音は苛立ちすら失《う》せてしまい、呆《あき》れた顔でそう尋《たず》ねる。

すると、八尋は少し考えた後、やや表情を暗くしながら答えた。

「うーん……。例えば、俺をダンプで轢《ひ》こうとした人が、失敗した腹いせに家に火を付けようとしてた時とか……あと、俺を狙《ねら》うんじゃなくて、父《とう》さんや母《かあ》さんを襲《おそ》ってるのを見た時とか……そういう時はちゃんと怒ったよ？」

「……うん、だからさ、そうへビーな例えを持ち出されるとマジで何も言い返せなくなるから勘弁《かんべん》してくれ」

久音は大きな溜息《ためいき》を吐き、八尋に言う。

「あのよ……俺《おれ》が、そいつらと同じようなマネするとは思わねえのか？　俺が、お前だけじゃない、お前の家族や、姫香《ひめか》を利用して何かヤバイ事に巻き込むとか、想像《そうぞう》しないのかよ？」

「それは困るなあ」

「だったら、その前の段階で怒っておけよ！　流石《さすが》に善悪の区別はつくだろ？　だったら、俺が悪人かどうかってのも一目瞭然《いちもくりょうぜん》だろ？」

まるで自分が悪人だという事を主張するような一言《ひとこと》に、八尋《やひろ》はキッパリと言った。

「久音《くおん》君、俺は思うんだけどさ。善人とか悪人とか、そんなにハッキリと区別がつけられるようなものじゃないと思う。少なくとも、俺にはそういうの、良く解《わか》らないんだ」

「……」

「無差別連続殺人とか、今の通《とお》り魔《ま》みたいな、ハッキリとした悪事は解るよ。だけど、そこまで解りやすくないと、君や姫香ちゃんが善人かどうか区別できる自信が無い。ただ、俺が今までやってきた事も、通り魔と同じぐらい『やっちゃいけない事』っていうのも解る。だから、俺には簡単に人を善人だ悪人だなんて決められないし、その資格もないと思う」

少し悲しむように言った後、拳《こぶし》を固く握りながら、友人である少年に言った。

「だから、もしも君が自分を悪人だと思ってて、『殴《なぐ》ってでも止めて欲しい』って思ってるなら……」

そこで一旦《いったん》言葉を止める。

八尋は自分自身の事を鑑《かんが》みて、改めてその事実を確認《かくにん》してから言った。

「俺がそれに気付けるとは思えないからさ、ハッキリ俺にそう言って欲しいんだ。俺は自分じゃ決められないけど、その代わり、いつでも君を殴れる覚悟《かくご》はしておくよ」

嘘偽《うそいつわ》りの無い、あまりにも愚直《ぐちょく》な八尋の言葉。

「無茶《むちゃ》振《ぶ》りするねぇ」

「ごめん」

「なんで、人をそうあっさりと信用できるんだよ。しかも、考えに考えた上でよ」

ギリ、と奥歯を強く噛《か》みながら、久音は再び苛立ち混じりの声で言った。

「俺、お前のそういうところが嫌《きら》いだ」

「ごめん、直すようにするよ」

「淡々《たんたん》と謝るなよ。お前が間違ってるとは限らねえだろ」

舌打《したう》ちをしながら、話は終わったとばかりに歩き始める久音。

すれ違い様《ざま》に、そんな久音に対して、八尋が僅《わず》かに微笑《ほほえ》みながら言った。

「そうだね……。ありがとう、心配してくれて」

「……ッ！」

顔を引きつらせながら振り返ると、もう八尋も歩き出しており、トイレへと向かう角《かど》を曲がっていく背が見えるだけだった。

久音《くおん》は廊下の壁に手をつき、強く舌打《したう》ちした後、独《ひと》り言《ごと》を呟《つぶや》く。

「くそ、本当に調子狂うな、八尋《やひろ》の奴《やつ》……」

そして、忌々《いまいま》しくもあり、自分が目指《めざ》すべき存在でもある男の顔を思い出しながら、彼は悔《くや》しげな表情で言葉の続きを吐き出した。

「あいつが折原臨也《おりはらいざや》みたいな悪党だったら、なんの気兼《きが》ねもなく使い潰《つぶ》してやるのによ……」

♂♀

夜　池袋某所《いけぶくろぼうしょ》

「それじゃ、法螺田《ほらだ》さん、お疲れっしたぁ！」

「うーす」

そんな別れの挨拶《あいさつ》とともに、後輩《こうはい》達から離れて一人家路《いえじ》につく男がいた。

彼の名は法螺田。

かつてはブルースクウェアの幹部《かんぶ》として、ある時は黄巾賊《こうきんぞく》を乗っ取った男としてカラーギャング界の寵児《ちょうじ》と呼ばれた——と自称《じしょう》している男である。

実際はその時々でたまたま波に乗れたチンピラに過ぎないのだが、それでも彼の為《な》した事はそこそこの武勇伝《ぶゆうでん》にはなっているようで、カラーギャング界隈《かいわい》ではやはりそこそこ名前も知られていた。

しかしながら、現在はカラーギャングという存在自体が東京《とうきよう》から消えつつある。

彼らの一部は暴走族《ぼうそうぞく》という古い形に回帰《かいき》し、一部は愚連隊《ぐれんたい》という新しい形となって街の闇《やみ》に紛《まぎ》れ込んでいた。

刑務所《けいむしよ》に入っている間にそんな時流《じりゆう》から取り残されてしまった法螺田は、なんとかして再び自分の時代が来ないものかと画策《かくさく》を続けている。

自分を慕《した》う後輩もいれば、自分を憎《にく》むかつての敵も多い。

そんな状況で逃げずに池袋でのし上がるには、絶対的な力が必要だ。

法螺田はそう考え、その利用できそうな『力』の一つについて思い出す。

――くそ、あれ以来、あの三頭池《みずち》八尋とかいう奴に関わるタイミングが掴《つか》めねえ。

――早く、『誘拐犯《ゆうかいはん》のアジトを見つけたのは俺《おれ》だぜ』って事を伝えて、恩《おん》を売らねえと……。

先日の狂言《きようげん》誘拐事件で、ほぼ偶然《ぐうぜん》とは言え、法螺田は辰神姫香《たつがみひめか》を攫《さら》った者達のアジトを突き止めていた。

それをブルースクウェアの後輩達に伝えたところ、何故《なぜ》か三頭池八尋本人にまで伝わり、事件は無事《ぶじ》に解決したらしい。

完全に一つ貸しを作った形となるが、ここで下手《へた》に無理《むり》を言っては、一度は言う事を聞かせられるだろうが、恒久的《こうきゆうてき》に仲間に取り込む事はできないだろう。

——無理矢理《むりやり》貸しを返させるより、俺《おれ》が恩人《おんじん》だって事を上手《うま》く刷り込まねえとな……。

——だが、下手に話を広めるのもヤバイんだよなあ……。なんだか知らねえが、あの場には粟楠会《あわくすかい》だの『屍龍《ドラゴンゾンビ》』だのも集まってやがったらしいし、下手に目を付けられたら……。

ブルリと全身を震わせた後、路地《ろじ》の先にある自販機《じはんき》に目を向けた。

——そういや喉渇《のどかわ》いたな。

——コーヒーでも飲むか。

自販機の前に立ち、ミルク入り無糖《むとう》コーヒーを買う法螺田《ほらだ》。

ガシャリ、という音と共に缶《かん》コーヒーが取り出し口へと落ちた。

いつもと変わらない自販機。

法螺田もまた、いつもと変わらない動作で取り出し口に手を伸ばしたのだが——

そこで、異変《いへん》に気が付いた。

「……あん？」

視界《しかい》の端《はし》で影が動いたような気がして、左側に顔を向ける。

すると、そこには黒い着ぐるみパジャマを着た何者かが立っていた。

「うぉッ!?」

自販機の陰に立っていた見慣れぬ存在に思わず声を上げるが、それが単なる着ぐるみ型の服だと気付き、舌打《したう》ちしながら睨《にら》み付ける。

「なんだぁ？　手前《てめえ》、変な格好《かっこ》しやがって！　ぶっ殺すぞコラぁ！」

安っぽい脅《おど》し文句《もんく》を付け、相手の胸ぐらを摑《つか》み上げようとした法螺田だったが——その人影《ひとかげ》が、何かを振り上げたのを見て手を止めた。

白い布が巻かれた細い物体。

だが、その正体はすぐに解《わか》った。

形からして、それが包帯《ほうたい》を巻いた金槌《かなづち》だという事は一目瞭然《いちもくりようぜん》である。

法螺田がそれに気付くと同時に、包帯ハンマーが勢い良く振り下ろされた。

「うおおあぁあ⁉」

悲鳴《ひめい》を上げながら横に転がり、法螺田は間一髪《かんいっぱつ》でその一撃《いちげき》を回避《かいひ》する。

「なッ……てめ、てめぇ！　俺が誰《だれ》だか知ってんのか！　どこのチームの奴《やつ》だ⁉　おぉ⁉」

報道《ほうどう》番組に興味《きようみ》もなければ新聞にも目を通さない法螺田にとって、それが通《とお》り魔《ま》であるという考えには思い至らなかった。

「おかしな格好しやがって……」

しかし、そんな彼でも、目の前にいるのが明確な敵であるという事は理解できる。

即座《そくざ》に立ち上がった彼に対して、黒い着ぐるみパジャマの人物は構わずハンマーを振り回し始めた。

「舐《な》めんなコラぁ！」

法螺田《ほらだ》はそんな相手に対し、買ったばかりの缶《かん》コーヒーを思い切り投げつけた。

「！」

着ぐるみは腹に向かって投げられたその缶コーヒーを両手で防ぐ。

だが、その一瞬《いっしゅん》の隙《すき》をついて、法螺田が一気に駆《か》け寄った。

彼は着ぐるみが再びハンマーを振り上げるよりも早く、フードに包まれた顔面を思い切り殴《なぐ》り飛ばした。

勢い良く倒れ、自販機《じはんき》の前に転がる着ぐるみの怪人《かいじん》。

「バカ野郎《やろう》……手前《てめえ》みてぇなドサンピンが、この法螺田様をやれると思ったか⁉　あぁ⁉」

そんな怒声《どせい》をあげつつ、きっちりとトドメを差そうと近寄り、思い切り顔面を蹴《け》りつけようとした法螺田だったが――

「がッ⁉」

衝撃《しょうげき》が走り、視界《しかい》の上半分が暗くなる。

ふらつきながら振り返ると、そこには同じ着ぐるみパジャマを着た人影《ひとかげ》が立っており――

「二人がかりろら……卑怯《ひきょう》らろ……れめぇ……ら……」

ろれつが回らない法螺田が、意識《いしき》を失う直前に見たものは——

自分に向かって容赦《ようしゃ》無く振り下ろされる、包帯《ほうたい》を巻かれたハンマー。

その白い布地《ぬのじ》の一部を赤く染める、自分自身の血の色だった。

♂♀

翌朝

『続いてのニュースです。連続通《とお》り魔《ま》事件に、新たな被害者《ひがいしゃ》です』

『被害にあったのは、東京都《とうきょうと》在住の22歳無職《さいむしょく》、法螺田——』

間章　ネットの噂

池袋《いけぶくろ》情報《じょうほう》サイト『いけニュ～！　バージョンI.KEBU.KUR.O』

新着《しんちゃく》記事『【抗争勃発《こうそうぼっぱつ》！】カラーギャングの元幹部《もとかんぶ》が通《とお》り魔《ま》にやられた件【黄巾《こうきん》復活？】』

・【首無《くびな》しライダーはどこへ消えた？】――（東京《とうきょう》ウォリアー電子《でんし》版《ばん》より転載《てんさい》）

『本日未明《みめい》、「路上《ろじょう》で男性が襲《おそ》われている」と、公衆《こうしゅう》電話から匿名《とくめい》の通報があり、警察官が現場にかけつけた所、頭部に怪我《けが》を負い倒れている男性が発見された。

巻き込まれる事を恐れたのか、通報者は現場には既《すで》におらず、男性は病院に搬送《はんそう》されたが命に別状《べつじょう》はないと発表されている。

通報内容によると、襲っていたのは黒い着ぐるみ風《ふう》の衣服を纏《まと》った人物であり、白い棒状《ぼうじょう》の物で殴打《おうだ》していたとの事から、警察は一連の連続通り魔と同一犯の可能性を視野《しや》にいれて捜査を行っている。

男性はかつて池袋《いけぶくろ》に存在していたカラーギャングの幹部《かんぶ》であったとの情報《じようほう》もあり、一部の情報筋からは「通り魔《とおま》の犯行に見せかけた、カラーギャングや暴走族《ぼうそうぞく》の抗争事件《こうそう》ではないか」との見方も出ており、抗争が勃発《ぼつぱつ》する可能性もあると各組織《かくそしき》が警戒《けいかい》を強めているとの事である』

——（記事の続きは元記事へGO）

参考——九十九屋真一《つくもやしんいち》氏が別のニュースサイトに載《の》せたコメント

『通り魔と直接関係あるかどうかは別として、確かに、最近は「屍龍《ドラゴンゾンビ》」のリーダーが街に戻って来た事で、愚連隊《ぐれんたい》などの勢力図《せいりよくず》が少し動きつつあります。

そんな中、池袋では『スネイクハンズ』と噂《うわさ》される新勢力——個人の渾名《あだな》なのか集団名なのかは解《わか》りませんが——が注目《ちゆうもく》されていますね。

彼、もしくは彼女、あるいは彼らが池袋の新しい台風《たいふう》の目になるかどうかは、私も注目して行きたいと思っています。

今回被害《ひがい》にあったのは、かつて『ダラーズ』が跋扈《ばつこ》していた時期に色々と注目されていた人物でもありますから、今は消えていた当時の火種《ひだね》が復活した、もしくはこの事件を契機《けいき》として復活する事もあり得ます。十分に注意するべきではないかと』

『いけニュ～！』管理人コメント

「ネットの噂だと、このまえ刑務所《けいむしょ》から出て来たばっかりのHさんって噂があるもじゃ。黄巾賊《こうきんぞく》のリーダーを一瞬《いっしゅん》だけやってたって噂もあるもじゃ。

刑務所帰りの怖《こわ》いあいつ……。

もう法に裁《さば》かれる事の無くなった自由人に、恨《うら》み骨髄《こつずい》の被害者《ひがいしゃ》達が手を取り合ったのか、それとも単に肩書きだけ見ると喧嘩《けんか》が強そうだけど、通り魔にあっさりやられてしまったという事もじゃやか？

抗争だとすると、犯人は誰《だれ》もじゃ？

『屍龍《ドラゴンゾンビ》』？

『邪《ジャ》ン蛇《ジャ》カ邪《ジャ》ン』？

『ダラーズ』？

『黄巾賊』？

『ブルースクウェア』？

埼玉《さいたま》の『To羅丸《とらまる》』？
それともまだ見ぬ勢力《せいりょく》が池袋《いけぶくろ》に現れてしまったもじゃか？
怖《こわ》いもじゃ。恐ろしいもじゃ。
通《とお》り魔《ま》も怖いけど、徒党《ととう》を組むチンピラ達も怖いもじゃよ。
くわばらくわばらもじゃ」

管理人『リラ・テイルトゥース・在野《ざいや》』

♂♀

呟《つぶや》きサイト『ツイッティア』より、一般人《いっぱんじん》の呟きを一部抜粋《ばっすい》。

・九十九屋《つくもや》さんってサイトとか本によって口調《くちょう》変わりすぎだよね。
→真面目《まじめ》な場所だと丁寧《ていねい》に話すけど、フランクな記事とかだとワイルドに喋《しゃべ》るよね。
→どっちが素《す》なんだろ。
→まるで何人もいるみたいだよね。
→何人もいたりして。

・やられたのって法螺田《ほらだ》？
→そうっぽい。
　→やった、ざまぁ。
　　→ザマあは酷《ひど》くね？
　　　→やられて当然だよ、あんな奴《やつ》。
　　　　→そうそう、泉井《いずみい》さんの腰巾着《こしぎんちゃく》のクセして偉《えら》そうにしやがってよ。
　　　　　→でも、昔拳銃《むかしけんじゅう》とか持ってたらしいぞ。
　　　　　　→マジやべぇ。とっとと死刑《しけい》にしろよ。

・結局これって通り魔なのかねー？　それともマジでただの抗争《こうそう》？
→目撃者《もくげきしゃ》がいるから通り魔でしょ。抗争相手がコスプレとかするかね？
→目撃者って匿名《とくめい》なんでしょ？　そんなん抗争相手が自分で通報してたかもじゃん。
→例えばだよ、自分で殴《なぐ》っておいて自分で通報、それで通り魔の特徴《とくちょう》言うじゃん？
→そしたら警察は通り魔が犯人だと思うわけじゃん？
→珍走団《ちんそうだん》が疑われなくなるじゃん？
→うひょー、私、マジ凄《すご》いじゃん？

→いや、そんな誰《だれ》でも思いつくような推理《すいり》を自慢《じまん》げに言われても……。
→五月蠅《うるさ》いじゃん？
→わー、凄《すご》いなー（棒読《ぼうよ》み）
→舐《な》めてるとブロックするよ？　しちゃうよ？
→私はそれもありえると思います。寧《むし》ろ、今までの犯行も暴走族《ぼうそうぞく》の仕業《しわざ》かも。
→でしょー？　でも今までのはどうかなー？
→今までのは違いますかね？
→カップルとか散歩中のお爺《じい》さんを珍走団《ちんそうだん》がコスプレして襲《おそ》う意味無いし。

・首無《くびな》しライダーの仕業。
→なんでも首無しライダーのせいかよ！
→こないだの狂言誘拐《きょうげんゆうかい》も間接的には首無しライダーのせいだからなー。
→なんでもかんでも首無しライダーのせいにするのは良くないですよ。
→首無しライダーは、とてもかわいい人なんですから。
→狂言誘拐の連中《れんちゅう》も、勝手《かって》に持ち上げただけで、信者というよりアンチですね。
→寧ろあの狂言誘拐を解決したのも首無しライダー本人って噂《うわさ》ですし。
→必死過ぎ。

→その人のプロフ見たら職業『闇医者《やみいしや》』で噴《ふ》いたw
→やw　みw　いw　しゃwwww
・そういえば、スネイクハンズってどうなったんだろう。
→あれから出て来てないよね。
→首無しライダーの彼女だっけ？
→彼氏《かれし》じゃなかった？
→首無しライダーって女なの？
→そういう噂あるよね。
→女でしょ？　私、バイクから降りてるの見た事あるけど、あの腰の形は女だって。
→横から見たら結構《けっこう》胸あるから、女だって分かるよ。
→じゃあ、同性愛者《どうせいあいしや》じゃなかったらスネイクハンズは彼氏って事かあ。
→違います。
→スネイクハンズは彼氏でもなんでもありません。
→それこそ、そんな関係は蛇足《だそく》だと思います。
→闇医者（笑）は黙《だま》ってろ。医師《いし》免許《めんきよ》やらねーぞ。

※以下、部外秘《ぶがいひ》の個人当て呟《つぶや》き
・おい、新羅《しんら》。出先だからこっちから書くが、いい加減《かげん》にしろ。
・あれじゃまるで荒らしだ。
・普段は冷静なくせに、どうして八尋《やひろ》君の事になるとそう熱くなるんだ。
→ゴメンよセルティ。僕は自分が悔《くや》しいんだ。
→八尋君とやらは君の隣《となり》に並んで戦う事ができるのに、俺《おれ》にはそれができない。
→背中を護《まも》り合う関係が羨《うらや》ましい！
→……いや、そこまでの関係になってないからな？
→まったく、私が静雄《しずお》や臨也《いざや》と一緒《いっしょ》に話したりしてたのには嫉妬《しっと》しなかったくせに。
→うん……自分でもどうかと思うんだけどね？
→一昨年《おととし》のあの事件から、思うんだ。
→セルティは別の女の人に攫《さら》われた俺を、あんなに心配して追ってくれたじゃない。
→だから、逆にセルティが他の男に粉《こな》をかけられてる今……。俺も必死になって全力で嫉妬とかするべきだって……。
→うん、気持ちは嬉《うれ》しいが、完全に方向性を間違えてるぞ？
→別に八尋君は私に粉かけてないからな？

→まあいい、解《わか》った。それについては帰ってからちゃんと話し合おう。
・あと新羅。プロフィールから『闇医者《やみいしゃ》』は消しておいた方がいいぞ。
→大丈夫《だいじょうぶ》だよ、誰《だれ》も信じる人なんかいないさ。通報されたりしないよ。
→いや、そうじゃなくて……。
→事実とはいえ、なんだか痛々しくて見てられないから……。

二章

「清く正しく生きて行こう」

二章　清く正しく生きて行こう

何かがおかしい。
どうしてこうなった。
クズを退治《たいじ》したのに。
いい事をしたのに。

どうしてダークアウルは悪人のままなんだ？
なんであんなクズが被害者《ひがいしゃ》って事になってるんだ？

♂♀

夕暮れ時　来良《らいら》総合病院　個室

身体《からだ》のあちこちが軋《きし》み痛むのを感じ、法螺田《ほらだ》は目を醒《さ》ました。

通《とお》り魔《ま》に襲撃《しゅうげき》され、搬送《はんそう》されてから数日。

頭蓋骨《ずがいこつ》にヒビなどが入っていたものの、奇跡的《きせきてき》に頭蓋内の脳膜《のうまく》などに損傷《そんしょう》はなかった。

寧《むし》ろ気絶《きぜつ》した後に相当蹴《そうとうけ》りなどを入れられたようで、肋《あばら》や鎖骨《さこつ》、腕の骨などが複数折れており、全治《ぜんち》数ヶ月だろうと診断《しんだん》された記憶《きおく》がある。

「あいつで……いでで……畜生《ちくしょう》。痛みどめとか効いてんのかコレマジでよぉ」

意識《いしき》がハッキリしたら警察の聴取《ちょうしゅ》が入ると言っていたが、法螺田は『まだ意識が曖昧《あいまい》だ』として警察の聴取を避けていた。

理由は簡単で、実際に冷静になりきれていない今、警察の言葉に従い続けると、言ってはならない事まで口にしてしまう気がしたからである。

通り魔が一人を執拗《しつよう》に狙《ねら》っているわけではないという事を知っているからか、警察の見張りなどはいない。いても『気が散る』という理由で断ろうと思っていたぐらいだ。

——しっかし、警察連中《れんちゅう》になんて話しゃいいんだ？

——二人がかりでやられたって言おうにも、反撃《はんげき》してぶん殴《なぐ》ったとか言っちまったら俺《おれ》もやべえんじゃねえか？

——どう証言《しょうげん》すりゃ１００％正当防衛《ぼうえい》になるか考えておかねえとな……。

——つーか、この俺様が通り魔にやられましたじゃ格好《かっこ》がつかねえしな……いっそ相手は十人ぐれえ居たとかでも言っちまうか……。

目撃者《もくげきしや》が他にいる可能性や偽証《ぎしよう》による捜査《そうさ》混乱についてはまったく考慮《こうりよ》せず、ストレートに自分の保身だけを考え続ける。

「つーか、あの通り魔野郎《やろう》、今度あったらぶっ殺してやる所だ……アイデデ」

独《ひと》り言《ごと》の愚痴《ぐち》に合わせ、身体中の骨が軋みをあげた。

大人《おとな》しく寝ながら今後どうするかを考えようとしたその次の瞬間《しゆんかん》——

彼は、視界《しかい》の端《はし》で何かが動いた事に気付く。

「だ、誰《だれ》だ？」

ナースだろうか。

そう思いながら、法螺田は痛む首をゆっくりと動かした。

すると、その視線の先に居たのは、個室の隅《すみ》に置かれた見舞客用《みまいきやくよう》の丸椅子《まるいす》に座る、サングラスと顔のヤケドが特徴的《とくちようてき》な男だった。

「なんだよ」

男はニヤリと笑いながら、手にしていたアダルト写真誌を閉じながらゆっくりと立ち上がる。

「まだ意識が曖昧とか言うから無駄足《むだあし》かと思ったが……随分《ずいぶん》と元気そうじゃねえか。なぁ？」

「……ッ！」

法螺田は骨が軋むのも構わずに全身を震わせ、ガチガチと歯を打ち鳴らしながら男の名を口にした。

「い……いい……泉井《いずみい》……さん」

泉井蘭《らん》。

今から数年前、法螺田《ほらだ》が所属《しょぞく》していたチーム『ブルースクウェア』のリーダーだった男だ。

とある事件を経て服役《ふくえき》していたが、法螺田が刑務所《けいむしょ》に入るのとすれ違いで出所《しゅっしょ》していたようで、現在は粟楠会《あわくすかい》の若手《わかて》構成員《こうせいいん》として動いていると噂《うわさ》に聞いている。

「災難《さいなん》だったなぁ、噂ぁ聞いてよぉ……見舞《みま》いに来てやったぜ」

「そ、そ、そうっすか！　あざーっす！」

思わずへりくだった返事をする法螺田。

泉井は以前に一度、法螺田の入っていた刑務所に面会に来た事があり、その時に顔を合わせているのだが——正直な話、二度と会いたくないと思っていた。

前々から、攫《さら》ってきたばかりの女の両足をハンマーで折るなどイカレた行動に出る男だったが、裏切ったチームメンバーに火炎瓶《かえんびん》で燃やされ、一度刑務所に入ってからは更《さら》に頭のネジが数本飛んでしまったような雰囲気《ふんいき》になっている。

「い、いやあ、それにしても泉井さん、本当に痩《や》せましたねぇ！　まるで別人っすよ！」

突然の事で混乱した法螺田は、とにかく相手の機嫌《きげん》を取ろうと試みた。

喋《しゃべ》る度《たび》に全身の骨が痛むが、目の前に現れた男への恐怖《きょうふ》に比べたら些末《さまつ》な事だとばかりに、痛みに耐えながら愛想笑《あいそわら》いを浮かべてみせる。

「そうかぁ？　痩せたいなら簡単な方法があるぜ？」

肩を竦《すく》めながら、泉井は懐《ふところ》から何かを取り出した。

それは、硬質ゴムでできた小振りのハンマーだった。

「顎《あご》を砕《くだ》いちまえば、メシどころじゃねぇから痩せるぞ？」

「……ッ！」

パシリ、パシリと手の平でハンマーを弄《もてあそ》ぶ泉井。

法螺田の頭の中には、泉井への恐怖と、数日前に自分を襲《おそ》った凶器《きょうき》という二重のスリルが渦巻《うずま》いていた。もしもハンマーに白い包帯《ほうたい》が巻いてあったら、それこそ悲鳴《ひめい》を上げていたかもしれない。

「じょ、冗談《じょうだん》キツイっすよ、泉井さん」

それでも愛想笑いを続ける法螺田に、泉井が粘《ねば》ついた笑《え》みを浮かべながら話を変えた。

「そうそう、この病院ってよ、俺が両足折ってやった女が入院してたとこなんだってな。ほら、覚えてるか？　黄巾賊《こうきんぞく》の紀田《きだ》って小僧《こぞう》の彼女だよ。お前が攫ってきたあいつだ」

「え？　あ、ああ、ハイ」

「もしかしたら、同じ個室かもな。だとしたら、生《い》き霊《りょう》の怨念《おんねん》とか呪《のろ》いとかでよ、お前の両足が突然《とつぜん》折れても不思議《ふしぎ》じゃねぇよなあ」

「……」

パシリ《ドクリ》、ドクリ《パシリ》。

リズミカルなハンマーの手遊《てすさ》び音と、法螺田《ほらだ》の心臓《しんぞう》の鼓動《こどう》がシンクロする。

相手が何を意図《いと》しているのかは解《わか》らないが、それゆえに、いつそのハンマーが自分に振り下ろされてもおかしくない状況だ。

ゴクリと唾《つば》を飲む法螺田に、泉井《いずみい》が言う。

「で、だ」

「ひゃ、ひゃいッ⁉」

肺《はい》から空気が漏《も》れるような返事をする法螺田に、泉井がそっと顔を近づけた。

「当然、このままじゃ済まさねぇよなぁ？」

「へ、へ？」

「なあに、俺《おれ》も得物《えもの》がハンマーだろ？　周りの同僚連中《どうりようれんちゆう》がよ、俺がフヌケた手前《てめえ》に制裁《せいさい》したんじゃねえかとか抜かしやがるんだよ。そんなのは普通は放っておきゃいいんだが、もっと上の、青崎《あおざき》さんや赤林《あかばやし》さんの耳に入ったらよ、困るだろ？　そんな噂《うわさ》がよ」

泉井はハンマーを強く握り、その先端《せんたん》を法螺田の鼻に強く押しつける。

「ふがが」

冷《ひ》や汗《あせ》を掻《か》きながら鼻の痛みを訴える法螺田に対し、泉井は構わずに言葉を続けた。

「俺が、手前ごときを制裁するのに、わざわざ着ぐるみ着て不意打《ふいう》ちしなきゃならねーなんて噂が立ったら困るんだよ、解《わか》るよなぁ？　法螺田君よぉ」

「ひゃ、ひゃいッ！」

「手前も昔の連れぇ引き連れて街に繰り出してるって話じゃねぇか。そいつらを使うなりなんなり、どんな手ぇ使ってもいい。警察より先にその通《とお》り魔野郎《まやろう》を見つけ出して、俺の前に引き摺《ず》ってこい。いいな？」

「……ッ！」

物凄《ものすご》く無茶《むちゃ》な命令をされているのは解っているが、目の前の男の圧力には逆らえない。

寝起きの頭を必死で掻き回し、なんとかその命令を実行する方法を考える。

——警察より先に⁉

——ってこたぁ、犯人は二人組だったとかそういうのも言わねぇ方がいいのか？

——つか、人手《ひとで》が……。

——人手……あッ。

ふと思いつき、法螺田は恐る恐る泉井に提案《ていあん》する。

「あ、あの、今の、ブルースクウェアの、連中、使わせて貰《もら》っていいっすかね」

「あぁ？　勝手《かって》にしろよ」

そういえばそんなものもあったな、ぐらいの顔をしている泉井に、法螺田はさらに続けた。

「ほ、ほら、でも、弟さんがいるって言うから、怪我《けが》でもさせちゃいけねえかなって……ぶごふぐぐッ⁉」

弟という単語《たんご》を出した瞬間《しゅんかん》、再び泉井《いずみい》の鼻にハンマーが押しつけられる。

「なんで、俺《おれ》がいちいち青葉《あおば》のクソ野郎《やろう》を気遣《きづか》わなきゃいけねぇんだ？　あぁ？　俺はあいつがいちいちメシ食う度《たび》にカロリーだの栄養だのを気にしてやんなきゃいけねぇのか？　手作りのバランス良いメシをわざわざ作ってやんなきゃいけねぇのか？　あ？」

「ふ、ふみまふぇん！」

まったくもって理不尽《りふじん》な怒りを向けられているのだが、法螺田《ほらだ》は目の前の男の殺気《さっき》から逃《のが》れる為《ため》に涙目《なみだめ》で謝罪《しゃざい》する。

「分かればいい。手前《てめぇ》はブルースクウェアの元幹部《もとかんぶ》のＯＢで、青葉は現役《げんえき》の後輩《こうはい》だ。それ以外になにもねえだろ？」

泉井は、そんな法螺田に対して首をギチリと傾けながら言い切った。

「壊《こわ》しちまってかまわねぇ。……好きに使い潰《つぶ》せよ」

まるで、自分の弟が壊れるのを期待しているかのように。

♂♀

翌日　池袋某所《いけぶくろぼうしょ》　ボーリング場

「というわけでさ、通《とお》り魔《ま》探し、手伝う気はないかい？」

黒沼《くろぬま》青葉の言葉に、八《や》尋《ひろ》は首を傾《かし》げた後、ボールを持ったまま考え込んだ。

「どうしたの？」

「いや……偶然《ぐうぜん》ってあるもんだなって思って」


八尋が青葉に呼び出されたのは、ゴールデンウィークの連休半ばの事だった。

ボーリング場に行くと、そこには青葉を初めとして、少し柄《がら》の悪そうな面子《メンツ》が揃《そろ》っていた。

皆が私服で訪れており、八尋も先日街で買ったばかりの私服に身を包んでいる。

最初は普通にボーリングを楽しんでいたのだが、3ゲーム目の途《と》中《ちゅう》辺りで、同じレーンにいた青葉が一つの話を切り出した。

彼の先輩《せんぱい》である法螺田という男が通り魔に襲《おそ》われ、その敵討《かたきう》ちの為《ため》に青葉に通り魔捜しを命じたらしい。

本人はまだ入院しているそうだが、命などに別状《べつじょう》はないようだ。

奇《く》しくも八尋《やひろ》が別のルートで『犯人捜し』をしている事などは知らずに、青葉《あおば》は淡々《たんたん》と自分達の事情を語り続ける。

「俺達《おれたち》がただの仲良しこよしじゃない……ってのは、こないだの一件でもう解《わか》ってるだろ？」

「はい、俺もブルースクウェアについて色んな人から聞きました」

「へえ、どんな風《ふう》に？」

「評判《ひょうばん》は、あまり良くなかったです」

正直に言う八尋に、青葉は思わず噴《ふ》き出した。

「八尋君さ、ちょっと素直過ぎでしょ」

「いえ、嘘《うそ》をついて後でバレるのが怖《こわ》いだけです」

それは、八尋にとって紛《まぎ》れもない本心であるのだが、青葉はどう受け取ったのか、ケラケラと笑いながら会話を続ける。

「そ、評判は良くないね。で、もっと評判が悪い嫌《いや》な先輩《せんぱい》でも、先輩は先輩、一応顔は立てないといけないってわけでさ」

学校で見せる優等生《ゆうとうせい》らしさとはかけ離れた表情を見せつつ、青葉は言った。

「だからさ、人手《ひとで》はできるだけ多い方がいいんだよね。それで、八尋君にも手伝って貰《もら》おうと思って」

「いいですよ」

「……あっさりと言うねぇ。てっきり、断られると思ったけど」

「どうしてですか？」

首を傾《かし》げる八尋に、青葉がこの場にいない人物の名をあげる。

「久音《くおん》の奴《やつ》にも声をかけたんだけどさ、今は新しい商売で忙《いそが》しいって言うからさー。てっきり、その商売に君も関わってると思ったんだけど」

「ええ、関わってますけど」

「言っちゃうんだ!?」

かまをかけたつもりが、あまりにもあっさりと言われた青葉は、拍子《ひょうし》抜《ぬ》けしたという感じの顔をした。

「普通さ、そういうのって俺には黙《だま》っておかない？」

「そうですか？」

「そうですよ？」

首を傾《かし》げ続ける八尋に合わせ、自らも首をグリグリと回しながら冗談《じょうだん》めかして答える青葉。

彼はそのまま、久音の情報《じょうほう》を引き出そうと言葉を続けたのだが――

「で、どんな商売してるの？」

「あ、それは秘密《ひみつ》です」

「……」

「すいません、青葉先輩《あおばせんぱい》だからとかじゃなくて、仕事の内容は他の人にはあんまり言っちゃいけないらしいんです。どうしてもって言うなら、久音君《くおん》に直接聞いた方がいいと思いますよ」

キッパリとした拒絶《きょぜつ》。

その言葉には、青葉に対する嫌悪《けんお》などは感じられない。

敢《あ》えて言うなら、少々の警戒《けいかい》は常にされていたのだが、それは八尋《やひろ》の臆病《おくびょう》な性格特有のものであり、内容は『突然《とつぜん》この場の人達が催眠術《さいみんじゅつ》か何かで操《あやつ》られて、全員金属《きんぞく》バットで殴《なぐ》りかかって来たらどうやって避けよう』などという妄想《もうそう》に近い警戒だ。

八尋は普段通りといえば普段通りであり、青葉もそれは理解していた。

それ故《ゆえ》に、何を言っても教えてはくれないだろうと判断《はんだん》した青葉は、そのまま会話の筋《すじ》を元に戻す。

「まあいいさ。俺《おれ》もその商売に噛《か》ませて貰《もら》えないか、久音に聞いてみるよ」

「はい、ありがとうございます」

「で、通《とお》り魔《ま》だけどさ……。法螺田先輩《ほらだせんぱい》は、君にとっても恩人《おんじん》なんだから、しっかり仇討《かたきう》ちしてあげないと駄目《だめ》だよ？」

「恩人……ですか？」

ピンと来ていない八尋に、青葉が言った。

「そ。この前の狂言誘拐《きょうげんゆうかい》事件あるだろ？」

「ええ」

「あの時、君の友達の、ええと……辰神《たつがみ》さん？　彼女の居場所《いばしょ》を探してくれたの、その法螺田さんって先輩なんだよ？」

「！」

八尋の目が丸く見開かれる。

当時はゴタゴタで流していたが、言われて見れば、青葉が彼らの居場所を知っていたのは『先輩から聞いた』と言っていた。

それがその法螺田という人物だとすれば、自分にとっては確かに恩人の一人である。

「そうなんですか……それは、手伝わないといけないですね」

「そ。だから、犯人を見つけたら、警察に突き出す前に俺らで掻《か》っ攫《さら》っちゃおうって感じ？」

「……」

攫う。

その言葉を聞き、八尋は少し考え込んだ。

「あ、別に私刑《リンチ》に加われとかそういう事を言ってるんじゃないよ？」

「どっちにしろ、攫った時点で犯罪ですよね？」

「まあね。それを言ったら、君があの別荘《べっそう》でやった事も一応犯罪だろ？　過剰防衛《かじょうぼうえい》かな？」

そんな事を言っている間に、ボーリングの青葉《あおば》の順番が巡ってくる。

「おっと、俺《おれ》の番か」

青葉がボールを投げに行っている間、八尋《やひろ》は少し考えこんだ。

——うーん。どうしよう。

——リンチとかしない方がいいと思うけど。

——でも、やられたらやり返すっていうのは、俺がずっとやってきた事だしなあ。

——いけない事だとは言えないけれど……。

——そもそも、俺がもしも見つけて捕《つか》まえたら、狩沢《かりさわ》さん達と、その法螺田《ほらだ》さんっていう先輩《せんぱい》と、どっちの所に先に連れて行けばいいんだろう。

——狩沢さん達は話すだけって言ってたから……まずは狩沢さん、その話が終わったら法螺田さん、それで、やりすぎになりそうだったら止めて警察かなあ。

——うーん、でも、やっぱりリンチとか止めた方がいいよなあ。

——でも、俺に止める資格なんて……。

そうこうしている間に青葉がスペアを決めたようで、左右のレーンにいた青葉の仲間達からも歓声《かんせい》と冷やかしの声があがる。

戻って来た青葉と入れ替わりに、自分の順番が来た八尋はボールを持って歩き出した。

そして、青葉とすれ違い様《ざま》に、告げる。

「やっぱり、報復《ほうふく》とか止めた方がいいと思いますよ」

「へえ、どうして」

青葉の言葉にすぐには返答せず、八尋はまずボールを投げに行く。

勢い良くボールを投げた後、その行き先を確認《かくにん》せずに青葉へと振り返り、言った。

思い浮かぶのは、過去の光景《こうけい》。

自分がかつて田舎《いなか》で何度も繰り返し見てきた、血に染まる自分の手と、周囲に残された襲《しゅう》撃者《げきしゃ》達の惨状《さんじょう》だ。

「やられたらやり返すっていう事を繰り返すの……結構《けっこう》、辛《つら》いですよ？」

同時に、レーン上のモニターがピカピカと輝き、ストライクを告げる音が鳴り響《ひび》く。

「あ……ストライク？」

適当に投げたのでガーターだと思っていたのだろう。

二投目を投げる気満々でボールの帰還《きかん》を待っていた八尋が目を丸くしていると、青葉がそんな後輩《こうはい》の肩をポンと叩《たた》いて笑いかけた。

「言われなくても知ってるよ」

青葉は薄く微笑《ほほえ》みつつ、八尋に対していつもと違う顔を覗《のぞ》かせた。

「でもね、八尋君。……俺達はさ、その辛さが心地《ここち》良いんだよ」

♂♀

夕刻《ゆうこく》　池袋《いけぶくろ》西口公園

「というわけなんだけど。どうしたらいいかな」

太陽がビルの陰に隠《かく》れる時分。

金属製《きんぞくせい》のチューブベンチに腰掛けつつ、八尋《やひろ》が隣《となり》に座る姫香《ひめか》に問いかけた。

「それを私に堂々《どうどう》と相談する時点で、どうもこうもないと思うけど……」

呆《あき》れた声で、それでも表情は殆《ほとん》ど変えずに姫香が告げる。

青葉《あおば》達と別れた八尋は、そのまま姫香に電話をして相談する事にした。

すると、たまたま池袋の駅前に来ているという事で、公園で待ち合わせして現在に到った形となる。

姫香も一応『スネイクハンズ』のメンバーに加えられているという事なので、八尋はなんの躊躇《ためら》いもなく、犯人捜しの仕事について打ち明けた。

だが、意外《いがい》な事に、姫香は既《すで》にその事を知っていたのである。

曰《いわ》く、『久音《くおん》君に「手伝える事なら手伝うけど」って言ったら、数日後に望美《のぞみ》さんから電話が来た』との事で、そこで、彼女から通り魔《ま》事件について色々と聞いたのだそうだ。

「……じゃあ、姫香ちゃんもその仕事受けたの？」

「まあ、そうなるかな」

「通り魔に関わるなんて、危ないと思うけど……」

至極《しごく》真っ当《とう》な言葉を紡《つむ》ぐ八尋に、姫香は淡々《たんたん》と言い返す。

「人攫《ひとさら》いって噂《うわさ》されてた首無《くびな》しライダーを探してた八尋君の台詞《せりふ》とは思えないね」

「それもそうだね」

あっさりと納得《なっとく》して頷《うなず》く八尋に、姫香は小さく溜息《ためいき》を吐いた。

「まあ、私も危ない事をする気はないよ。ただ、放っておいても久音君も望美さんが何かしちゃうだろうから、放っておいてもね……」

「ああ、そうだよね」

姫香も自分と同じ事を考えていたのだなと思いつつ、改めて問いかける。

「どちらにしろ、通り魔の事件が無くなればいいなっていうのは確かなんだ。だけど、その犯人を『警察に届ける前に会わせろ』っていう人達が2グループあるんだよね。これって、もしも俺《おれ》がバッタリ通り魔が倒れたりしてる所に出くわして運良く捕《つか》まえられたとしたら、どっちに先に引き合わせるべきかな？」

「難しい問題だけど、その前に一ついい？」

「なに？」

「通《とお》り魔《ま》が倒れてるって、どういう状況？」

質問に対して返された質問に、八《や》尋《ひろ》が答えた。

「例えば、平和島《へいわじま》さんを襲《おそ》おうとして返り討《う》ちにあったとか……」

「……それは、確かに納得《なっとく》できる理由だけど」

姫香《ひめか》は無表情のまま上半身《じょうはんしん》を捻《ひね》り、ジッと八尋の顔を見つめる。

「三頭池《みずち》君なら、通り魔とばったり出くわしても倒せるんじゃない？」

「怖《こわ》いよ。通り魔と戦うなんて」

「暴走族《ぼうそうぞく》や暴力団《ぼうりょくだん》の人達を叩《たた》きのめしてた君の台詞《せりふ》とは思えないけど……」

「あの時も凄《すご》く怖かったよ。でも、あそこで何もしない方がもっと怖かった。それだけだよ」

八尋は少し目に不安の色を浮かべながら、尚《なお》も言葉を続けた。

「俺《おれ》、喧嘩《けんか》ばっかりしてたから、こういう人間付き合いとか、駆《か》け引きっていうのかな、そういうのに全然慣れて無くてさ……何が正解なのか解《わか》らないんだ」

「間違えたっていいじゃない。その方が覚えやすいよ」

「怖いよ」

「君から『怖い』っていう単語《たんご》を聞く度《たび》に、少し不思議《ふしぎ》な気分になるね」

姫香は相変わらずの無表情のままそう言った後、通り魔について言及《げんきゅう》する。

「……君が力を振るうのには理由があったよね。じゃあ、通り魔はなんであんな事をしてるんだろう」

「言われてみれば」

八尋の頭の中からは、犯人の動機《どうき》というものへの追及《ついきゅう》がすっぽりと抜け落ちていた。

彼の中で通り魔のイメージは映画の殺人鬼《さつじんき》などと同一視されており、『理由などなく、とにかく襲《おそ》いかかって来る舞台装置《ぶたいそうち》』のような漠然《ばくぜん》とした印象《いんしょう》がある。

しかし——言《い》い訳《わけ》がましくなるのであまり考えたくはないが——化《ば》け物《もの》と恐れられた自分にも、確かに暴力を振るう理由は存在しているのだ。

本当に『空が青いから人を殺した』という感じの人間がホイホイ街中《まちなか》を歩いているとはあまり考えたくはない。

その『生まれながらの通り魔』という可能性を捨て去るのも怖いので、頭の片隅《かたすみ》にはおいたまま、八尋は犯人について考え続けた。

「通り魔……なんだろう。何で叩くんだろう。俺も後ろからトンカチで殴《なぐ》られた事は何度もあるけど……。そういえば、あの人達は俺によく『ぶっ殺してやる』って言ってたけど、俺を殺したりした後にどうしたかったんだろう……？」

もはや慣れてしまっているのか、不穏《ふおん》極まりない八尋の言動《げんどう》は気にせず、姫香は彼と共に答

「素人《しろうと》考えでまず思いつくのは、人を殴《なぐ》って怪我《けが》させると気持ちが良いっていう性癖《せいへき》を持っているとか、あるいは何か『人を殴らないと自分が死ぬ』みたいな妄想《もうそう》に囚《とら》われてるとか……あとは単純に、無差別通り魔《むさべつとおりま》じゃないっていう可能性もあるかもね」

「無差別じゃない？」

「被害者《ひがいしゃ》に、何か共通点があるかもしれないっていう事。まったく無差別に行っているように見えても、何か犯人しか解《わか》り得ない明確な理由があって襲《おそ》う人を選んでるのかもしれない。そうなると、動機《どうき》が重要になってくると思う」

「共通点かあ……考えた事なかったなあ」

ラジオなどで事件の概要《がいよう》は聞いては居たが、被害者は老若男女様々《ろうにゃくなんにょさまざま》で、最初の被害者はカップルか何かだった筈《はず》だ。

そのカップルと法螺田《ほらだ》という先輩《せんぱい》にも何か共通点があるのだろうか？

法螺田もカップルも良く知らない自分にはそれを推測《すいそく》する事すらできない事に気付き、八尋《やひろ》は小さく溜息《ためいき》を吐き出した。

「どっちにしろ、俺《おれ》には犯人の気持ちは分かりそうもないかなあ。姫香《ひめか》ちゃんは、何か心当たりとかある？」

八尋の問いに、姫香は少し考えこむ。

「うーん……これは、姉《ねえ》さんの知り合いの記者さんから聞いた話だけど……通り魔は、不良《ふりょう》とかを結構襲《けっこう》ってるみたい」

「不良？」

「そう、被害者の半分近くは、暴走族《ぼうそうぞく》のメンバーとか、そういう人だって。だから、ますます数年前の切り裂き魔《きさま》事件と絡めて考えてる人も多いみたい」

切り裂き魔。

先日のレストランでも聞いた単語《たんご》に、八尋が反応した。

「切り裂き魔……。姫香ちゃんは、その事件詳しいの？」

「私はまだその時中学生だったから、そもそもあんまり夜とかに出歩かなかったけど……学校とかでは、とにかくみんな警戒《けいかい》してたよ。うちの高校の先輩にも、被害にあった女子生徒とかいたらしいから……」

「そっか、犯人はまだ捕《つか》まってないんだったよね……」

今回の件に関係あるのかないのか、そこからまず調べようと思った八尋に、姫香がさらに情報《じょうほう》を付け加えた。

「ダラーズって言ったかな……その人達が切り裂き魔の犯人じゃないかって疑う人も居たみたいだけど……それこそ、そっち方面の話は、黒沼《くろぬま》先輩達の方が詳しいいんじゃない？」

池袋《いけぶくろ》某所《ぼうしよ》

味村翔弥《あじむらしょうや》は通《とお》り魔《ま》である。

ただし、本人にその自覚はない。

現在28歳《さい》である彼は、昼間はフリーターとして働いており、夜は『アウル・オブ・ザ・ピーピングデッド』のファンとして活動をしていた。

ファン活動と言っても、同人誌《どうじんし》を出したりしているわけではない。

彼は、一部の熱狂的《ねっきょうてき》な『アブピ信者』を集めた狂信的《きょうしんてき》コミュニティの管理人を務めていた。

閉鎖《へいさ》的なコミュニティの中で様々《さまざま》な働きかけを行い、狂信者達全体を一つの方向にアジテートしている形となる。

あくまでも、本人達は善意《ぜんい》のつもりだ。

しかし、その活動は時に度を超え、周囲に迷惑《めいわく》をかける事もしばしばである。

『アブピ』の実写映画を流行させる為《ため》だと、同時期公開のライバル映画について、ありとあら

♂♀

ゆる映画サイトで批判《ひはん》を続ける……などという事は日常茶飯事《にちじょうさはんじ》だ。

原作チームに対して『今回の展開はアブピの質を貶《おとし》める』と、『僕達の考えた展開』を送りつけ『無料で使わせてあげます』という文章を付け加える。

女性キャラが増えれば『萌《も》えオタに媚《こ》びるのはやめろ』と抗議文《こうぎぶん》を送りつけ、男キャラが増えれば『腐女子《ふじょし》に媚びるのはやめろ』と、やはり抗議文を送りつける。

実写映画のキャスティングが気にくわないと、『あのキャストが引退《いんたい》すれば別のキャストに変わる』と、俳優《はいゆう》事務所に対して嫌《いや》がらせの手紙を匿名《とくめい》で一〇〇〇通単位《たんい》で送りつけ、様々な悪評《あくひょう》をネットにばらまく。

作品のオフ会と称して『アブピの聖地《せいち》でゾンビになりきって遊ぼう』と言いだし、ゾンビさながらに街で暴《あば》れ、止めようとした普通のファンを『ゾンビになりきれないのは作品愛が無いからだ』と批判して追い詰める。

そのような事を長く続けており、アブピファンの間でも悪名高いファンサイト。

味村はそんな場所の管理人だったが、本人はそのような悪評は気にしていない。

自分達を悪く言う者達は、大手サイトへの嫉妬《しっと》であるか、アブピファンを装《よそお》ったアンチだと決めつけていた。

彼を初めとする狂信者達にとって、『アブピ』そのものよりも『アブピを好きな自分達』の方が何事においても優先される。

教義《きょうぎ》の為《ため》ならば神をも殺す。
周囲からそう揶揄《やゆ》されるようなコミュニティだが、運営者の味村《あじむら》はまさにその全体の雰囲気《ふんいき》を一人で体現しているかのような男だった。
――『アブピは、俺《おれ》の事を描いている』
――『ザ・アウルは俺の正しい心を、ダークアウルは俺の負の心を描いている』
――『ゾンビに破壊《はかい》された世界は、俺を取り囲む状況と一緒《いっしょ》だ。絶望の臭《にお》いに満ちてる』
――『俺みたいな奴《やつ》をモデルにしたのかもしれない』
――『いや、俺をモデルにしたのかもしれない』
妄想《もうそう》に近い思い込みにより、彼は『アブピ』という作品を心の中で私物化し始める。
ファン活動という名目で、自分が『アブピ』の世界を支配しようとしていたのかもしれない。
作品世界を支配することで、そのモデルとなった(と、彼が勝手《かって》に思い込んでいる)自分の現実世界そのものを支配できると錯覚《さっかく》して。
そして――ダークアウルのコスプレをしての通《とお》り魔《ま》もまた、そのファン活動の一環《いっかん》であった。
始まりは、彼ではない。
ニュースを見た時点では、まだそれがダークアウルだとは気付かなかった。

ネットの噂話《うわさばなし》の方が、テレビや新聞よりも先に『犯人はダークアウルのコスプレをしていたらしい』という情報《じょうほう》を先んじて拡散《かくさん》していたのである。

それに気付いた味村は驚愕《きょうがく》した。

ダークアウルは自分自身なのだ。

そうでなければならない。

だからこそ、違う。

あれは偽物《にせもの》だ。

──『フィクションと現実の区別がつかなくなった者の犯行か』

そんな文字が躍《おど》る週刊誌《しゅうかんし》やネットを見て、味村は憤慨《ふんがい》した。

──違う。違う違う違う。

フィクションではない、もはや『アブピ』は現実なのだと。

他の誰の物でも無い。自分による自分の為《ため》だけの現実なのだ。

決して、その一部たるダークアウルが、そんな現実と空想《くうそう》の区別もつかなくなるような安っぽい人間であってはならない。

同一視される事も許されない。

──『影響《えいきょう》を受けた人間の凶行《きょうこう》』

テレビに映るコメンテーターがそんな言葉を吐き出すのを聞き、味村は叫んだ。

――違う、絶対に違う。

『アブピ』は俺《おれ》の人生だ。

俺はそんな安っぽい男ではない。

俺に影響《えいきょう》を受けた人間が、そんなマネをする筈《はず》がない。

あのダークアウルは正しくない。

正しいダークアウル像《ぞう》ではないのだ。

そう叫び続けた味村《あじむら》の部屋に、隣室《りんしつ》から『五月蠅《うるさ》い』という苦情が来てから数時間。

彼は布団《ふとん》に顔を埋め続けながら、ただひたすら、考え、考え、考えた。

このままではダークアウルがただの無軌道《むきどう》な悪人だと誤解《ごかい》されてしまう。

『アウル・オブ・ザ・ピーピングデッド』が、悪の教典《きょうてん》とされてしまう。

自分の人生が穢《けが》されてしまう。

何も知らぬ無知なマスコミ連中《れんちゅう》によって、間違った自分の情報が世間《せけん》に拡散されてしまう。

だからこそ彼は考え、さらに考え、一つの結論に辿《たど》り着く。

――そうだ、見本を見せなくては。

――俺が、正しい『ダークアウル』を世間の無知なクソどもに教えてあげないと。

何をすればいいかは分からない。

だが、それを世間に知らしめれば、世間もダークアウルへの評価《ひょうか》を改める筈《はず》だと。

気付けば、雄叫《おたけ》びのように何かを叫んでいた。

隣《となり》から再度『五月蠅い』と苦情が来る。

だが、味村はそれを無視し、ただ、ただ、叫び続けた。

「おいコラ、手前《てめえ》、うるせぇっつってんだろ！　壁薄いんだから静かにしねぇと眠れねぇだろうがボケが！」

結果として、翌日部屋を出た時に隣人《りんじん》と出くわし、胸ぐらを摑《つか》まれて文句《もんく》を言われたが——

味村は冷めた目で相手の言葉を聞き続ける。

——なんだコイツ。

染めた髪《かみ》をリーゼントにしており、分かりやすい不良《ふりょう》といった外見をしている。

——真面目《まじめ》に働いてる俺が、なんで怒られないといけないんだ。

普段の彼ならば怯《おび》えてただ頷《うなず》いているだけだったかもしれないが、苛立《いらだ》ちのピークに達していた彼は、別の気持ちをもって相手の言葉を聞き続けていた。

「次やらかしたら、大家《おおや》に言って出てって貰《もら》うからな！　ボケが！」

殴《なぐ》られたりする事もなく、客観的に見ても比較的穏便《おんびん》に済まされたのだが——

暴言《ぼうげん》を吐かれた事に対し、味村はダークアウルの正当性を示す方法を思いついた。

——そうだ。通《とお》り魔《ま》じゃなければいいんだ。

——あれは、ダークアウルがクズ共に与えた正義の制裁《せいさい》という事にすればいいんだ。

これまでの被害者《ひがいしゃ》がどんな人物達だったのかは知らないし興味《きょうみ》もない。

だが、味村《あじむら》は思いついてしまった。

ダークアウルのモデルである自分が為《な》すべき事を。


数日後の夜。

月明かりの無い夜道、頭から血を流して地面に倒れる隣人《りんじん》を見て、味村は思う。

始まってしまった、もう止められない。

湧《わ》き上がる心は、恐怖《きょうふ》ではなく、歓喜《かんき》だった。

今こそ自分は、ダークアウルと一つになれたのだ、と。


ただし——

肝心《かんじん》の作品において、ダークアウルは決して『悪人しか狩らない正義の味方』というキャラなどではないのだが。

遊馬崎《ゆまさき》や狩沢《かりさわ》と言った普通のファンが知れば、それこそ『お前なんかファンじゃない』と激《げき》怒《ど》している事だろう。そもそも、それ以前に狩沢達は味村の運営するサイトを『あれはファンじゃない、寧《むし》ろアンチ以上に害悪な連中《れんちゅう》だ』と敬遠《けいえん》していたのだが。

『アブピ』本編とのキャラクターの差異《さい》など、もはや味村にとってはどうでも良い事だった。自分の人生が『アブピ』であり、これからは作品の方が自分に合わせて修正される。少なくとも彼は、そう信じていたのである。

そもそも彼は、ファンサイトで皆を煽《あお》ってはいたが——

『アブピ』のアニメも映画も流し見した程度であり、ＤＶＤやコミックスを買ってすらいなかったのだから。

自分の人生なのだから、再確認《さいかくにん》する必要など無いとばかりに。

そして、彼は隣人を襲撃《しゅうげき》した事で、完全に理性の歯止めを失った。

近所の不良《ふりょう》を観察し、行動パターンを推測《すいそく》し、人気《ひとけ》の無い夜道で襲撃していく。

しかし、世間《せけん》ではクズと呼ばれるような人間ばかりを選んで排除《はいじょ》している筈《はず》なのに、テレビでは相変わらず『通《とお》り魔《ま》』として紹介《しょうかい》され続けた。

「まだだ、まだ足りないんだ。数が足りないからみんな理解しない」

バイト先のコンビニで、駐車場《ちゅうしゃじょう》にたむろす不良グループをチラチラと観察しながら、独《ひと》り言《ごと》をブツブツと呟《つぶや》き続ける味村。

「法螺田《ほらだ》とかいう奴《やつ》はただの雑魚《ざこ》だったんだな……ネットでもそこまで騒《さわ》いでない……。もっとだ。もっと凶悪《きょうあく》なクズを狩《か》ろう。ＤＱＮどもを狩り尽くそう……」

有名な不良《ふりょう》。倒せば英雄《えいゆう》になれるクラスの存在。
休憩時間《きゅうけい》に入ると同時に、味村《あじむら》はスマートフォンで情報《じょうほう》を検索《けんさく》し続けた。
東京《とうきょう》、不良、有名。
そんなキーワードで検索していると——真《ま》っ先《さき》に出てくる男の名前があった。
彼も知っている名だ。
池袋近郊《いけぶくろきんこう》に住んでいる若者ならば、知っていてもおかしくはない。
何しろその男は、首無《くびな》しライダーと並び称される池袋の『伝説《でんせつ》』なのだから。
味村は頬《ほお》に冷《ひ》や汗《あせ》を流しつつ、覚悟《かくご》を決めた目つきでその男の名を口にした。

「平和島《へいわじま》……静雄《しずお》か……」

♂♀

新羅《しんら》のマンション

「通《とお》り魔《ま》捜し？　セルティが？」
新羅が、驚いたように声をあげる。

基本的にセルティの仕事内容については詮索《せんさく》しない新羅だったが、セルティの方から『何か通り魔の噂《うわさ》はないか』と聞かれ、ここ数日でセルティがどのような仕事をしていたのかを知る形となった。

『ああ、こないだ言った【スネイクハンズ】っていう何でも屋で、通り魔の情報探しっていう仕事が入ったんだ』

「危ないよセルティ！　通り魔だなんて、セルティが怪我《けが》したらどうするんだい！」

『運び屋を始めたばかりの時も同じような事を言ってたな、そういえば……』

「もう運び屋の仕事についてはセルティのやりたがってる仕事だって割り切ってたけれど、そんなスネイクハンズなんていう怪《あや》しげな組織《そしき》に使われてるとなると心配なんだよ。その子達は、セルティを都合《つごう》のいい武器《ぶき》か防具として扱ってるんじゃないだろうね？　青葉《あおば》君みたいに」

本気《ほんき》で心配している新羅に、セルティはヘルメットを頷《うなず》かせて答える。

『問題ない。その辺はちゃんと私もビジネスとして割り切って、きちんと報酬《ほうしゅう》に見合った事までしかしないつもりだ。そもそも、通り魔程度にハンマーで殴《なぐ》られたところで、私はどうってことないし……』

「セルティがそういうなら……」

一応形だけは納得《なっとく》したらしい。

過去に様々《さまざま》な事件に巻き込まれている為《ため》、新羅はセルティが危ない事に首を突っ込む事自体にはあまり口を出さない。

だが、今回のように『他人に言われて口を出す』場合は割と本気《ほんき》で心配してくる。

恐らくは、怪我《けが》などよりも、誰《だれ》かにいいように利用されて、セルティが望まない状況に陥《おちい》る事を心配してくれているのだろう。

セルティはそれが分かっているからこそ、新羅《しんら》を安心させる為《ため》に追加の情報《じょうほう》を書き綴《つづ》った。

『それに、今回の依頼人は遊馬崎《ゆまさき》と狩沢《かりさわ》だからな。ある意味安心して仕事ができる』

「遊馬崎君達が？　なんでまた？」

頭に疑問符《ぎもんふ》を浮かべる新羅に、セルティが久音《くおん》から聞いた事情を説明した。

「へえ……事情は分かったけど……通《とお》り魔《ま》ってそんな事になってたんだねえ。最近あまりニュースを見てないから気付かなかったよ」

『お前は私に関する記事ばかり見てたからな』

「当然だよセルティ！　まああの忌々《いまいま》しいセルティに彼氏《かれし》がいるなんていうデマはおいといても、セルティが街に戻って来た事はいろんな所で話題になってたよ！　なんだか身内から有名人が出たみたいで鼻が高いよ」

『いや……基本的に犯罪者として有名なんだと思うから、誇りにはならないだろう』

当然ながらセルティにも自分が運び屋をやっていたり、ナンバープレートやヘッドライト無しで道路を走り回っている自覚はある為、褒《ほ》め称《たた》えられるのは流石《さすが》に罪悪感《ざいあくかん》を覚える。

どことなく気まずそうにしているセルティに気付き、新羅はそのまま話題を変えた。

「それにしても……通り魔だなんて、なんだか、杏里《あんり》ちゃんの時の事件を思い出すねぇ」

『ああ、そういえばそうだな。あの時は切《き》り裂《さ》き魔《ま》で、今回は殴打魔《おうだま》か。なんだか不思議《ふしぎ》な気分だ』

「杏里ちゃんと言えば、園原堂《そのはらどう》って最近どうなの？」

新羅の問いに、セルティが少し嬉《うれ》しそうに答える。

『そこそこ景気《けいき》はいいみたいだ。正臣《まさおみ》君と沙樹《さき》ちゃんが、日本《にほん》各地から色々なものを仕入れてくるみたいで、想像《そうぞう》以上に品揃《しなぞろ》え豊かだよ』

セルティは杏里を妹のように思っている為、彼女が来良《らいら》学園を卒業《そつぎょう》した後も、ちょくちょく気にかけていた。

帝人《みかど》と同じ理由で、裏社会のゴタゴタに巻き込まないように直接会う事は少なくなったものの、メールでの交流などは続いており、時折《ときおり》彼女が仕入れた怪《あや》しげな商品などについて相談に乗ったりもしている。

『時々、あの鯨木《くじらぎ》って奴《やつ》もいろいろな物を持って来るらしいからね……品揃えの奇抜《きばつ》さじゃちょっとしたものかもしれない』

「ああ……そりゃ、変なものとか持ってきそうだね。ていうかあの人、警察に追われてなかったっけ?」

『お前の親父《おやじ》も常連客《じょうれんきゃく》らしいぞ。日本《にほん》に帰ってくる度《たび》に顔を出してるらしい』

「ああ……それ、営業妨害《ぼうがい》になってなきゃいいけど……」

白いガスマスクの男が出入りする古物商《こぶつしょう》の店をイメージし、新羅《しんら》は頬《ほお》を僅《わず》かに引きつらせた。

『しかし、そうか……連続通《とお》り魔《ま》、もしかしたら「罪歌《さいか》」みたいな呪《のろ》いっていう可能性もあるのかもしれないな……』

罪歌というのは、杏里《あんり》が持っている妖刀《ようとう》だ。かつてその呪いによって池袋《いけぶくろ》が切《き》り裂《さ》き魔《ま》の恐怖《きょうふ》に陥《おちい》った事があるのだが、それも今や昔の話である。

『っていうか、新羅。お前も鯨木《くじらぎ》から罪歌を預かってたんだよな? あれ、どうしたんだ?』

「ああ、まだあるよ。次に会った時に返すって約束で、まだ会ってないからねえ」

『……それ、永久に借りっぱなしになる気がするぞ……?』

「そうかな? そういえば、旅行から帰ってきてから確認《かくにん》してなかった」

新羅はおもむろに立ち上がると、闇医者《やみいしゃ》の医療器具《いりょうきぐ》が入っている棚《たな》を開けた。

その中から包帯《ほうたい》に包まれた棒状《ぼうじょう》を取り出し、セルティの前に持ってくる。

『そんな所に無造作《むぞうさ》に置いてたのか!?』

包帯を解《ほど》くと中からメスの形に変化した刃《やいば》が出て来て、それを手にした新羅の目が赤く輝き始めた。

罪歌。

古くから江戸《えど》に伝わる『意志《いし》を持った』妖刀であり、現在の日本では数本存在が確認されていた。

女性の人格《じんかく》らしきものが宿ったその刃は、『全ての人間を愛し続ける』という奇妙《きみょう》な特性を持っている。

その刃に斬《き》られた者は傷口から『愛の言葉』が怒濤《どとう》の勢いで心に浸蝕《しんしょく》し、やがて罪歌の『子』として刀の使用者に操《あやつ》られてしまうのだ。

使用者本人も、意志の強いものでなければ『罪歌』に完全に乗っ取られ、人を斬るという形の『愛』を体現し続ける人形となる事だろう。

罪歌を持つ者は、使用中には目が赤く輝き、斬られた『子』もまた、目を赤く充血させ、それぞれが手にした刃物《はもの》で『孫《まご》』を生むために人を斬ろうとする——罪歌とは、そのように危険な性質を持つ妖刀だった。

新羅はとある事件を経て『子』となり、最終的には呪いを克服《こくふく》した上で『親』である罪歌のうち一本の所有者となっている。

そして、その事実を証明《しょうめい》するかのように、新羅の目は赤色ＬＥＤのように煌々《こうこう》と輝いていた。

「ね、本物でしょ？」

『お、おい、大丈夫《だいじょうぶ》なのか⁉　呪《のろ》いの声とか……』

「ああ、持ってる間は五月蝿《うるさ》いけど、セルティの顔を見てたら気にもならないよ」

笑いながらそう言うと、新羅《しんら》は再びメスに包帯《ほうたい》を巻き始める。

目の色が普通に戻った新羅を見て、セルティは安堵《あんど》したように胸をなで下ろした。

『まったく、本当にあの時は無茶《むちゃ》な事を……』

「もういいじゃないか。それより、本当に気を付けてね？　セルティに何かあったら、僕はこの罪歌《さいか》でセルティに何かした人達全員を生き地獄《じごく》に落とすしかなくなるからねフフフフ」

『怖《こわ》い事を言うな』

新羅なら本気《ほんき》でやりかねないと思ったセルティは、改めて気を引き締める。

自分に何かあるような事態《じたい》になれば、それこそ新羅まで巻き込みかねないからだ。

そもそも、新羅も割と夜に外を出歩くタイプの人間であり、通《とお》り魔《ま》の被害《ひがい》に遭《あ》わないとは言い切れない。

彼女には新羅を守りたいという思いからも通り魔を何としても捕《つか》まえたかったが――照れる為《ため》か、それは直接新羅には伝えなかった。

すると――唐突《とうとつ》に、新羅の携帯《けいたい》の着信音《ちゃくしんおん》が鳴り響《ひび》く。

「おや、誰《だれ》だろう、こんな夜中に……って、静雄《しずお》君じゃないか」

電話の画面を見て、新羅が慌《あわ》ててボタンを押した。

「はいもしもし、どうしたんだい、こんな夜中に」

『何かあったのかな？』

電話中の新羅にそんな文字を軽く見せつつ、セルティもその電話口からの声に耳を傾ける。

言葉の内容までは聞き取れなかったが、雰囲気《ふんいき》から、静雄が相当慌てているのが分かった。

「分かった。ドアは開けておくから、すぐにエレベーターで登ってきて」

新羅の声にも緊迫感《きんぱくかん》が増すのを感じとり、セルティはただ事ではないと判断《はんだん》する。

『どうした？』

電話を切った新羅に尋《たず》ねると、新羅はメス型の『罪歌』を棚《たな》に戻しつつ、そこから消毒液《しょうどくえき》など様々《さまざま》な薬品を取り出し始めながら言った。

「ああ、セルティはドアをあけておいて、今、静雄君が下から怪我人《けがにん》を連れて来るから」

『怪我人!?』

「うん。セルティも知ってるだろ？　静雄君の先輩《せんぱい》の田中《たなか》さん。あのドレッド眼鏡《めがね》の人」

「その田中さんが、通り魔に襲《おそ》われて頭に怪我したって……」

間章　ネットの噂

池袋《いけぶくろ》情報《じょうほう》サイト『いけニュ～！　バージョンI・KEBU・KUR・O』

新着《しんちゃく》記事『とある市民《しみん》団体が『アウル・オブ・ザ・ピーピングデッド』映画とアニメの公開中止を求める声明を発表！』

・【前から『アブピ』を敵視してた市民団体のPC血袋《ちぶくろ》の連中《れんちゅう》が、正式になんか声明を発表したね。これ放って置いたらマジで漫画《まんが》だけじゃなく映画の表現規制《きせい》の話にまでなるかもよ】

・【凄《すご》いな血袋。首無《くびな》しライダーとかリッパーナイトとか、こないだの狂言誘拐《きょうげんゆうかい》まで全部アブピを初めとするアニメや実写映画、漫画の影響《えいきょう》だって言い張ってる。首無しライダーとかもう20年以上前から池袋にいるのに】

・【ついに来たか。この市民団体、ちょっとおかしいので有名なんだけど、その割に政治家とも繋《つな》がりあるからなー。規制《きせい》法案とかに繋《つな》がんなきゃいいんだけどなー】

・【前にもこの団体、池袋《いけぶくろ》を舞台《ぶたい》にしたヤクザ映画を『粟楠会《あわくすかい》のような暴力団《ぼうりょくだん》を美化してる』って言って、販売《はんばい》中止の裁判《さいばん》を起こそうとしたんだよな。ぶっちゃけ、フィクションと現実の区別がついてないのはどっちだ？　って話だよねこれ】

――（ツイッティアの個人《こじん》呟《つぶや》きより転載《てんさい》）

声明文《せいめいぶん》一部抜粋《ばっすい》

「（前略《ぜんりゃく》）――そうであるがゆえに、子供達は無垢《むく》な存在であり、それ故《ゆえ》に自分達の力では清い書物や映像《えいぞう》を選ぶ事ができません。だからこそ、我々常識《じょうしき》のある大人《おとな》達の手で、死臭《ししゅう》のする梟《ふくろう》達から子供を守らなければならないのです。池袋の空気を浄化《じょうか》し、健全な街を取り戻す為《ため》にも、我々は池袋の街からアニメショップを初めとした各書店に特定販売物の自粛《じしゅく》を求め

――（中略《ちゅうりゃく》）――首無《くびな》しライダーなどと呼ばれる無法者も明らかにゲームの影響《えいきょう》によってもてはやされた存在であり、切《き》り裂《さ》き魔《ま》などの事件にも暴力的な漫画やアニメ、あるいは映画や

音楽の影響があるのは自明《じめい》の理《り》であり――（中略）――『ＷＷＷ』は悪魔《あくま》と契約《けいやく》したも同然です。彼らは池袋の破壊者《はかいしゃ》であり、ある意味では現在被害《ひがい》を与え続けている通《とお》り魔《ま》よりも邪悪《じゃあく》です。池袋の街を死体で埋め尽くすような作品を造り上げた『ＷＷＷ』には、展開している商品の即刻回収《そっこくかいしゅう》を求めるものであります。聞き入れられない場合は、正しい市民達の手によって邪《じゃ》念《ねん》の伝道者《でんどうしゃ》達に誅伐《ちゅうばつ》の一撃《いちげき》が振り下ろされる事でしょう。天罰《てんばつ》ではありません。我々は、我々の手で子供達の未来と清く澄《す》み渡った池袋の街を守り――（後略《こうりゃく》）」

『いけニュ～！』管理人コメント

「まーたＰＣ血袋《ちぶくろ》達の妄言《もうげん》もじゃよ。Peoples for the Calm Treatment of IKEBUKURO……『池袋の穏《おだ》やかな治療《ちりょう》の為《ため》の人々』って意味らしいもじゃが、略してＰＣＴＩＢＵＫＵＲＯ、つまりＰＣ血袋とみんなは呼んでるもじゃ。

ていうか最後の『市民の手で制裁を～』ってこれ下手《へた》すれば脅迫《きょうはく》もじゃよ。下手しなくても脅迫な気がするもじゃ。

怖《こわ》いもじゃ。恐ろしいもじゃ。

通り魔も怖いけど、徒党《ととう》を組むチンピラ達も怖いもじゃよ。

くわばらくわばらもじゃ」

管理人『リラ・テイルトゥース・在野《ざいや》』

♂♀

・いけニューの野郎《やろう》がまた勝手《かって》に俺《おれ》の呟《つぶや》き使って記事作りやがった。
→まあ、あそこはもう何言っても無駄《むだ》だからしょうがねえよ。
→転載《てんさい》されるのは諦《あきら》めてるけどさぁ、アフィブログの金儲《かねもう》けに使われるのはムカツクわ。
→まあ、いけニューはまだマシな方じゃないかな。
→いや、あそこ管理人の語尾《ごび》がウザイから嫌《きら》い。

・おーおー、正論に対してアニヲタ大発狂《だいはっきょう》してますなあ。良い機会《きかい》だからあの市民《しみん》団体に文句《もんく》つけてるアカウント全部チェックしてツイッターから追い出せば？
→うざいから死んでいいよ。
→おっと、早速《さっそく》安定のアニメアイコンの奴《やつ》から煽《あお》りが入りましたぁｗｗｗ
→こいつウザイわー。過去の発言纏《はつげんまと》めて画像《がぞう》にしたよ。

→おっと、人の呟《つぶや》きとか纏めて何してるんですか？　早速削除申請《さくじょしんせい》で通報でーすw

→ありがとう。

→は？

→おおー、マジでやらかしたなコイツ。

→マジで通報したんだな。

→ツイッティアって通報したら、相手に通報者の住所氏名伝わるんだぜ。

→は？　は？　は？

→お前、●●県のあそこに住んでるんだ。あそこは布で有名だよね。

→なんだこれ嘘《うそ》だどうなってんだ。どうなってんだ。

→落ち着けよ、●◎君。あとで電話してやっからw

・そういえば昨日《きのう》、通《とお》り魔《ま》っぽいの見たよ。川越街道《かわごえかいどう》の方を走って逃げてた。

→マジで？　ニュースじゃやってなかったけど。

→うーん。あ、でも、近くのコンビニで頭から血を流してる人はいたよ。

→マジで。

→うん、なんかバーテン服の人が抱えてて、医者かどっかに連れてこうとしてた。

→バーテン服……？　もしかして金髪《きんぱつ》でグラサンしてた？

→あ、うん。グラサンかはわかんないけど、金髪《きんぱつ》だったよ。
→通《とお》り魔《ま》終わったな。
・なんていうかさ、犯人って何が目的なんだろう。
→そりゃ誰《だれ》かを殴《なぐ》りたいんだろ？
→いや、被害者《ひがいしゃ》がさ、不良《ふりよう》とかと一般人《いっぱんじん》が交互にきてる感じがすんだけど。
→無差別なだけじゃね？
→二回に一回不良にあたる程、池袋《いけぶくろ》は治安《ちあん》悪くないとは思いますけど……。
→不良の方はやっぱ通り魔に見せかけた犯行じゃね。
→そういえば、リッパーナイトも不思議《ふしぎ》だったよな。一晩《ひとばん》で五十人以上だっけ。
→ぜってー単独犯《たんどくはん》じゃないよねあれ……。
→ダラーズかな。やっぱり。
→ダラーズw　超懐《ちょうなつ》かしいw
・それこそさ、ＰＣ血袋《ちぶくろ》の連中《れんちゅう》は漫画《まんが》とか規制《きせい》しようとする暇《ひま》あったら、現実のカラーギャングの残党《ざんとう》とか何とかして欲しいよね。
→屍龍《ドラゴンゾンビ》も最近よく走ってるしな……。交機《こうき》の人によくとっ捕《つか》まってるけど。

→黄巾賊《こうきんぞく》はいないけど……今、まだカラーギャングとかいるの？
→ブルースクウェアがまだちょこちょこ残ってるっぽい。
→マジで時代遅れなんだけど、なんとかならんのかねえ。
→首無《くびな》しライダーも戻って来たしなー。
→通り魔も、全部ダラーズのせいにしちゃえばいいんじゃね？
→ダラーズの連中って今何してるんだろ。
→流石《さすが》に『元ダラーズです』とか名乗るのは恥《は》ずかしいよね……。

「みんなの池袋を守らなきゃ」

二章

三章　みんなの池袋を守らなきゃ

どうしてみんな分からないんだ。

これだけの被害《ひがい》を出したというのに、まだあの下らない俗悪《ぞくあく》な漫画《まんが》を擁護《ようご》しようとする奴《やつ》がいる。マスコミも、今一つ積極性が薄い。

やはり映画か。映画があるからか。

漫画やアニメだけなら平気で叩《たた》く癖《くせ》に、実写映画には大手《おおて》事務所の俳優《はいゆう》も多く出ていたからなのか？　テレビ局や大手広告《こうこく》代理店が協賛《きょうさん》しているからか？

今はもうそんなしがらみに囚《とら》われている場合ではないのに。それが分からないのか。

まだ足りないのか。

どれだけやれば分かってくれるんだ。

あの忌々《いまいま》しい悪魔《あくま》がどれだけ危険なのかを。

だが、私は止まるわけにはいかない。

私は。

私は、そのために悪魔《あくま》に魂《たましい》を売ったのだから。

悪魔の危険を伝える為《ため》に、私は悪魔に魂を売った。

売ったんだ。

♂♀

新羅《しんら》のマンション

「あいてて、酷《ひど》い目にあったぜ、まったく」

頭に巻かれた包帯《ほうたい》をそっとさすりつつ、田中《たなか》トムが静かに息を吐き出した。

「まあ、念の為、夜が明けたら病院でレントゲンとかＣＴとかで検査した方がいいですよ」

新羅の言葉に、トムは眼鏡《めがね》をかけながら頭を下げる。

「いや、助かったぜ、医者先生。夜中だってのに迷惑《めいわく》かけちまってすまなかった」

「大丈夫《だいじょうぶ》っすか、トムさん」

おろおろしながら包帯を見る静雄《しずお》に、トムがヒラヒラと手を振った。

「ああ、問題ねえよ。実際、間一髪《かんいっぱつ》だったけどな」


話を聞くところによると、トムは昨晩、この近所の路上《ろじょう》で襲《おそ》われたらしい。

いつも通り借金《しゃっきん》の取り立てを行っていたのだが、深夜になってようやく戻って来た取り立て対象から上手《うま》く回収《かいしゅう》した後に、事件は起きた。

静雄がコンビニ内で、紙パックのキャラメルオレとバニラオレのどちらを買うか迷っていた所——先に買い物を終えて外で待っていたトムが、コンビニ横にある小さな駐輪場《ちゅうりんじょう》で缶《かん》コーヒーを飲んでいる時に襲われたとの事らしい。

咄嗟《とっさ》に通《とお》り魔《ま》に気付いたトムは、まさに寸前の所でハンマーの一撃《いちげき》を避けたのだが——その際にバランスを崩《くず》し、自転車を倒しながら公衆《こうしゅう》電話台の下にある電話帳入れの角《かど》に額《ひたい》をぶつけて出血したのだ。

騒《さわ》ぎを聞きつけた静雄が外に出た時に、黒い着ぐるみパジャマを着た通り魔は、塀《へい》を乗り越えてコンビニの裏へと逃げようとしている所だったそうだが——トムはその光景《こうけい》を見ていたものの、静雄は先に怪我《けが》をしたトムへと駆《か》け寄った為、その一瞬《いっしゅん》の差で逃げられてしまったとの事らしい。


「後ろ姿《すがた》は俺《おれ》も見たんだけどよ……トムさんが血ぃ流してやべえと思ってる間に消えちまって

な……。病院よりお前んちの方が近いと思ったから電話させてもらった。悪かったな」

神妙《しんみょう》な顔で頭を下げる静雄《しずお》に、セルティが文字を紡《つむ》いだ。

『しかし、襲《おそ》われたっていうから、てっきりハンマーで殴《なぐ》られたと思ったよ』

「いやー、あんなもん喰らったら、下手《へた》すりゃ死んでたぜ。なんか包帯《ほうたい》みたいなの巻いてたけどよ、確かにトンカチかなんかだろうなありゃ」

「だとすると、最近流行の通《とお》り魔《ま》で間違いなさそうですねえ」

新羅《しんら》がそう言いながらネットの画像《がぞう》を見せる。

そこに映し出されていたのは、『アウル・オブ・ザ・ピーピングデッド』のキャラクターである、ダークアウルのアニメ版の画像だった。

「これでしょう？　田中《たなか》さんを襲《おそ》ったの」

「あ、ああ」

トムは何故《なぜ》か少し気まずそうにその画像を見て、背後にいる静雄をチラリと見る。

その静雄は、サングラスの下で露骨《ろこつ》に眉《まゆ》を顰《ひそ》めながら新羅に問い質《ただ》した。

「おい、通り魔ってなんだ……」

彼の反応を見て、セルティがヘルメットを横に傾《かし》げさせる。

――あれ？

——静雄、通り魔の事、知らないのか。

——ニュースとかネットとか見るタイプじゃないとしても、この先輩《せんぱい》……トムさんなんかが世間話《せけんばなし》で振ったりしないのかな。

何故か、新羅も静雄の反応を見て『しまった』という顔をしていた。

混乱するセルティを余所《よそ》に、新羅が数秒の沈黙《ちんもく》の後、やや遠回しに事件の内容を語り始めた。


「そうか……そういう事か」

数分後、新羅の説明を聞き終えた静雄が、独《ひと》り言《ごと》のように呟《つぶや》いたあと、新羅に謝礼《しゃれい》を告げる。

「まあ、助かったぜ、新羅。今日《きょう》はありがとよ」

「ああ、いや、まあ、気にしないで。僕も君にはいくつも借りがあるし」

やや冷《ひ》や汗《あせ》を滲《にじ》ませている新羅に対し、静雄はゆっくりと踵《きびす》を返した。

「じゃあ、ちょっと行ってくるわ。トムさんを頼む」

「行くって、どこへ？」

「あぁ？　決まってんだろ？」

ハハ、と軽く笑った後、その笑顔を消して静雄が言った。

「トムさんに怪我《けが》させやがった通り魔野郎《やろう》を、粉にしてくんだよ」

——粉に!?

ゾクリ、と、新羅《しんら》とセルティが背筋《せすじ》を震わせる。

静雄《しずお》の声は不思議《ふしぎ》と落ち着いているが、これは『溜《た》め』に入った合図《あいず》だ。

自分の中に、怒りを溜めている。

この場に怒りを発散する対象《たいしょう》がいない時に見せる落ち着きであり、過去にもこの部屋で、折《おり》原臨也《はらいざや》に嵌《は》められた事を知った静雄が、粟楠茜《あわくすあかね》に対して驚く程に無邪気《むじゃき》な笑顔を見せた事があったが、その時と似たような空気だった。

『お、おい新羅、静雄がこんなに怒ってるのは、やっぱり、会社の先輩《せんぱい》が襲《おそ》われたからか？』

こっそりとスマートフォンの画面を見せるセルティに、新羅が小声で答えた。

（うん、それが半分）

『？　もう半分は？』

（えーっと……それはね……セルティは知らなかったみたいだけど……）

新羅はそっと目を伏せた後、肩を竦《すく》めながら言う。

（そのダークアウルっていうキャラなんだけどね？）

『そのキャラが？』

（実写版のキャスト、幽平君《ゆうへい》なんだ）

『……は？』

幽平と言われ、暫《しば》しセルティの思考《しこう》が固まった。

（温泉《おんせん》旅行中は映画とか観《み》に行かなかったし、セルティは映画情報《じょうほう》サイトとか幽平君のファンクラブのサイトとかまでは観ないだろ？　隠《かく》し球《だま》としてさ、宣伝《せんでん》には使わないサプライズとして出てたんだ。顔出しできないし、サプライズだから特に名前が売れるっていう仕事でもないんだけど、あそこの社長が面白がったらしくてさ）

『幽平って……羽島《はねじま》幽平？』

（うん、そう。君も良く知ってる、静雄の弟）

羽島幽平。本名、平和島幽《かすか》。

平和島静雄の弟であり、時代をときめく若手俳優《はいゆう》だ。

そこで、先刻《せんこく》の疑問が解ける。

トムは、敢《あ》えて通《とお》り魔《ま》の話題を静雄の前で出さなかったのだ。

弟の幽平が関わっている映画、しかも幽平が演じているキャラクターに扮《ふん》して町で暴《あば》れている通り魔がいるとなれば、どうなるかは目に見えている。トムはそれを不安に思い、敢えて静雄にその情報を触れさせなかったのだろう。

その不安は、トムが被害者《ひがいしゃ》になる事で更《さら》に『総量』が跳ね上がった上で的中《てきちゅう》してしまった。

犯人への怒りという、静雄の暴力衝動《ぼうりょくしょうどう》を引き起こすエネルギーの総量が。

――大変だ、人死《ひとし》にが出る。

――通り魔の自業自得《じごうじとく》とはいえ、本当に『粉』にされるぞ……！

事態《じたい》を飲み込んだセルティがオロオロしてる横で、新羅《しんら》が静雄《しずお》に声をかける。

「ま、待ってよ静雄君、通り魔《とおりま》なんて、どうやって探すのさ」

「あぁ……？　その服着てる奴《やつ》を見つけてアスファルトで磨《す》り潰《つぶ》しゃいいんだろ……？」

「粉《こな》にする方法までは聞いてないよ！　あとそれでできるのは粉じゃなくてミンチ！」

どうでもいい所にまでツッコミを入れる新羅の陰から、トムが声をかけて静雄を窘《たしな》めた。

「おい、静雄。無理《むり》だ。そのパジャマ着てる奴は結構《けっこう》いるぞ」

「……？　どういう事っすか？」

首を傾《かし》げる静雄に、新羅が答える。

「ああ、そうそう、そうなんだよ。事件以降《いこう》さ、物好きが同じ着ぐるみパジャマをたくさん買ったりしててね。警察を挑発《ちょうはつ》したいのかなんなのか知らないけど、それを着て街を歩いている人をちょくちょく見かけるんだよ。ねえセルティ」

『ああ……確かに、しょっちゅう見るという程じゃないが……何人か見かけはするな』

「……そういや、俺《おれ》も見たような気がするな……」

静雄は壁に手を当て、一人ごとのようにブツブツと言葉を続ける。

「だけどよ……考えてみりゃ、遊びなのかなんなのか知らねぇが、そんな紛《まぎ》らわしい格好《かっこ》して街を歩いてるって事は、周りの奴を脅《おど》かしてるって事だよなぁ……？　驚かされたら心臓《しんぞう》に負《ふ》担《たん》が掛かって死ぬ奴もいるかもしれないよな……？　だったらそいつらも纏《まと》めて粉にされる覚《かく》悟《ご》ができてるって事だよなぁ……？」

『待て待て待て！　落ち着け静雄！』

明らかに不味《まず》い方向に思考《しこう》が動きかけている静雄を、セルティが慌《あわ》てて宥《なだ》めにかかった。

——なんて事だ。せっかく最近丸くなってきたのに！

——通り魔も通り魔だ！　よりによってなんてマネを……！

犯人は自殺志願者《しがんしゃ》なのではという推測《すいそく》すら思い浮かべつつ、セルティは静雄を賺《すか》し続ける。

『警察が今頃《いまごろ》必死に犯人を捜してるし、私も私で犯人を探してるから、あとは任せてくれ、な？』


そんな感じで、セルティはトムや新羅と共に静雄を説得《せっとく》し続けた結果——トムの『俺もよ、俺のせいでお前が街で暴《あば》れるなんざ勘弁《かんべん》だし、弟君だってそう思うんじゃねえか？』という一言《ひと》言《こと》が決め手となり、かろうじて静雄は怒りを胸にしまい込んだ。

「……分かった。今日《きょう》の所は、セルティとトムさんに免《めん》じて引いとくぜ……」

「あれ？　僕は？　うごもももも……」

余計《よけい》な事を言いかけた新羅の口を影で塞《ふさ》ぎつつ、セルティはとりあえず安堵《あんど》する。

『そうか、とりあえず今日は、トムさんを安全に家まで送ってやってくれ』

「そうだな、ありがとよ、セルティ」

静雄はそう言った後、セルティをじっと見つめ——一言、自分の要望を吐き出した。

「だけどよ、もしも通り魔《とおりま》を見つけたら、いの一番に俺に知らせてくれよ……？　な？」

『え？』

「探してるんだろ？　通り魔？」

――しまった。

『ああ、まあな』

「警察より先に見つけたら、ちょっと話がしてえだけだ」

『それは……』

「安心しろよ、俺《おれ》はただ、話がしてえだけだ。なんでそんなマネをしたのか、よっぽど深い事情があるんだろうからよ……」

あくまで怒りは胸の奥にしまっただけで、その奥でまだ沸騰《ふっとう》しているらしい。

『まあ、努力はするよ』

静雄の声から犯人への果てしない殺意を感じつつ、セルティは曖昧《あいまい》に答えて静雄とトムを玄関《げんかん》まで送り出す。

帰り際に小声で囁《ささや》かれた『わりいな、俺も時間かけて宥《なだ》めておくからよ』と言ったトムの台詞《せりふ》を心の支えにしつつ、セルティは二人が去った後、へなへなと廊下に座り込んだ。

「大丈夫《だいじょうぶ》かい、セルティ」

『ああ……ありがとう新羅《しんら》。大丈夫だ』

文字ではそう言いつつも、セルティの心の中は焦燥《しょうそう》と混乱が渦巻《うずま》いている。

『遊馬崎《ゆまさき》達に先に会わせたって知られたら、とばっちりでこっちもエライ目に遭《あ》いそうだ』

『これ、通り魔を捕《つか》まえたらどうすればいいんだ……？』

♂♀

翌日　午前中　来良《らいら》学園図書室《としょしつ》

連休も後半に突入《とつにゅう》したこの日、図書委員の有志《ゆうし》として書架《しょか》の整理を行う事となった八尋《やひろ》は、休日の学校へと足を運んでいた。

元々《もともと》暇《ひま》な人間が多かったのか、委員の三分の一ほどが参加し、司書《しし》室《しつ》と図書室の間を行ったり来たりして蔵書《ぞうしょ》の整理を行っている。

思ったよりも作業量は少なそうで、このまま行けば午前中には終わりそうだ。

八尋はふと思い立ち、休憩時間中に図書委員長に声を掛けてみる。

「あの、委員長」

「やあ、三頭池《みずち》君、どうしたんだい？」

「委員長は……切り裂《きさ》き魔《ま》事件って知ってますか？」

「……まあ、知ってるよ？　僕がここに入ってからの事件だからね」

ニコニコと笑いながら言う委員長に、八尋《やひろ》は更《さら》に尋《たず》ねた。

「今、通《とお》り魔《ま》ってあるじゃないですか。やっぱり、あれって……同じ犯人だと思いますか？」

「うーん、どうしてそう思うんだい？」

「俺《おれ》、自分が通り魔に襲《おそ》われたら怖《こわ》いなって思って、色々と頭の中で考えたんですけど……」

そこで一瞬躊躇《いっしゅんためら》った後、八尋は委員長にハッキリと言う。

「俺……通り魔って、一人じゃないんじゃないか……って思うんですよ」

「どうして、そう思うんだい？」

「……おかしな事を言ってると思われるかもしれませんけど、通り魔が襲ってきた時の対策をずっと頭の中で考えてて、色々な事件の情報《じょうほう》を調べたりしてたんですけど……。対策が、一つに纏《まと》まらないんですよ。細かい所でズレがあるっていうか……」

自分でも自信が無さそうに言う後輩《こうはい》の言葉に興味《きょうみ》を持ったのか、委員長は窓硝子《まどガラス》を開けながら尋ね返す。

「対策って……襲われた時にどう動くか考えるって事？」

「あ、はい。……変な奴《やつ》って思うかもしれませんけど」

「そんな事ないよ。備えるっていうのは悪い事じゃないからね。一番の対策は、夜に出歩かない事だと思うけど」

ぐうの音《ね》も出ない正論に、八尋は思わず黙《だま》り込んだ。

その通り魔に自分から近づくようなマネをしようとしている自分に、僅《わず》かな罪悪感《ざいあくかん》を覚える。

「それで、切り裂き魔とどういう関係があると思う？」

「あ、はい。切り裂き魔も何人かの集団じゃないかっていう噂《うわさ》があったらしくて……それで、その中で、カラーギャングの抗争《こうそう》っていう説もあったんです。ダラーズっていう所と、黄巾賊《こうきんぞく》っていう所なんですけど……委員長は知ってますか？」

「ああ、少しぐらいならね」

軽く笑う委員長に、八尋は自分の推測《すいそく》を語り続ける。

「ダラーズみたいに、一枚岩じゃないグループが、何かを目的として複数で動いてるんじゃないかって思うんです。だとすれば、手口がズレてるのも納得《なっとく》できるっていうか……」

「目的すら、別かもしれないよ」

「え？」

唐突《とうとつ》な委員長の言葉に、八尋は首を傾《かし》げた。

図書委員長は積み上げられていた本の埃《ほこり》を窓の外に払いながら、淡々《たんたん》と言葉を紡《つむ》ぐ。

「まったく別の目的を持ってる通《とお》り魔《ま》が複数いるとすればどうだろうね？　どちらが最初の通り魔で、どちらが模倣犯《もほうはん》かなんて関係ない。ただ、結果だけが広がり続けているとしたら、犯人象《にんぞう》を絞《しぼ》るに絞れないのも当然さ」

「なるほど……確かにそうかもしれませんね」

「警察は、もうとっくに気付いてると思うけどね。被害者《ひがいしゃ》の傾向だけでも、不良《ふりょう》の割合が異様《いよう》に多いよね」

「あ、それは友達も言ってました」

姫香《ひめか》との会話を思い出し、八尋《やひろ》の頭の中は徐々《じょじょ》にクリアになっていった。

「うん。その不良を襲撃《しゅうげき》してる通り魔は、それ以外の通り魔とは取りあえず別人として考える事もできるんじゃないかなと思うよ。それを踏まえて『対策』を練ると、君の中で違和感《いわかん》はどうなるかな？」

「……」

八尋はそう言われた後、自分のスマートフォンで情報《じょうほう》を再確認《さいかくにん》し、改めて頭の中で『通り魔に襲《おそ》われた場合』の対策をシミュレートし始める。

その結果——少なくとも不良襲撃グループに関しては、犯人の行動パターンが一致《いっち》し、それなりに納得《なっとく》がいく対抗策《たいこうさく》を構築《こうちく》する事ができた。

「……ありがとうございます、委員長。俺《おれ》、ちょっと色々考えてみます」

「考えるのはいいけど、危ない事に手を出したら駄目《だめ》だよ？」

こちらの事をどこまで見抜いているのか、委員長は笑いながらそう言って窓を閉めた。

八尋が改めて頭を下げた所で、休憩《きゆうけい》時間終了を告げる定時チャイムが鳴る。

「ああ、時間か。休み中でもチャイムが鳴るって不思議《ふしぎ》な気分だよね」

微笑《ほほえ》む委員長は、仕事に戻ろうとする八尋の方を観《み》ながら言った。

「一つだけ安心していいよ、切り裂き魔《きさま》とは関係ないと思う」

「？　はい」

切り裂き魔でなければ何がどう安心なのだろうか。

八尋はそう思いかけたが、『刃物《はもの》を持っていない』というだけで確かに安心できる要素かもしれない。

そう一人で納得する八尋に、委員長は苦笑《にがわら》いしながら一つだけ付け加えた。

「まあ、僕の勘《かん》なんだけどね」

八尋が去った後、図書委員長は再び窓の方に向き直りながら、小さな溜息《ためいき》を吐き漏《も》らす。

自らの腹部にある複数の刺し傷を制服《せいふく》越しに触りながら、図書委員長──竜ヶ峰帝人《りゆうがみねみかど》は小さな声で呟《つぶや》いた。

「もう『声』は殆《ほとん》ど聞こえないけど……。やっぱり目には影響《えいきよう》あるもんだね」

窓硝子《まどガラス》に映る自分の目を見て、小さく笑う。

最初は苦笑《くしょう》。そして、ある事に対する安堵《あんど》の笑《え》みへと変化させた。

わざわざ罪歌《さいか》の『呪《のろ》い』に身を預けかけてまで、彼が確かめたのは——街の中に、自分と同じ『呪い』の気配《けはい》が活性化していないかどうかだ。

かつて、罪歌憑《つ》きの男に滅多刺《めったざ》しにされた際に流れこんだ呪い。

もはや消えかけた残滓《ざんし》に過ぎないが、気配の感知《かんち》ぐらいにならな利用はできた。

そして、その気配が街には薄く、自分の大事《だいじ》な人間がこの通り魔《とおま》の一件に関わっていないという事が確認《かくにん》できた事に、彼は何よりも安堵する。

それさえ確認できれば、後は街の裏側に踏み込む必要は無いとでも言うかのように。


一方、八尋《やひろ》は自分の持ち場に戻りながら、委員長の事を考えていた。

——今、竜ヶ峰先輩《りゅうがみねせんぱい》、凄《すご》く目が充血してたような気がするけど……。

——もしかしたら、俺達《おれたち》が来る前から作業してたのかも。

——俺も頑張《がんば》らないと……。

そして、八尋は自分の仕事へと戻る。図書委員としての仕事だけではなく、その先にある『スネイクハンズ』としての仕事へと。

とある非日常の残響《ざんきょう》と間近《まぢか》に接しつつも、その存在にすら気付かぬまま。

♂♀

来良《らいら》総合病院　個室

「大丈夫《だいじょうぶ》ですか？　法螺田《ほらだ》先輩」

ニコニコと笑う青葉《あおば》の言葉に、法螺田は頬《ほお》を僅《わず》かに引きつらせながら答えた。

「お、おう。おかげさまでな」

「でも、驚きましたよ。突然《とつぜん》俺達に『通り魔を探せ』だなんて。せっかく警察の聴取《ちょうしゅ》が終わったんですから、そのまま警察に任せるかと思ってました」

見舞《みま》いに来たブルースクウェアの後輩《こうはい》に対し、法螺田は妙《みょう》な威圧感《いあつかん》を覚えつつも、それはこの少年の兄の泉井《いずみい》の幻影《げんえい》に違いないと、頭を振って恐怖《きょうふ》を振り払おうとする。

「あいだッ！」

頭を振ったせいで痛みがぶり返し、そのままベッドに倒れる法螺田。

「どうしたんですか？」

「な、なんでもねえ」

そして、誤魔化《ごまか》す為《ため》に、今しがたの青葉の質問に無駄《むだ》に力強く答えた。

「おう、俺《おれ》だってブルースクウェアの顔だった男よ！　このまますっこんでたら男が廃《すた》るってもんだろうがよ！　違うか？」

「それは、そうかもしれませんけど……」

「安心しろ、警察にも言ってねえとっておきの情報《じょうほう》がある」

「⁉　本当ですか？」

驚く青葉《あおば》の顔を観《み》て、法螺田《ほらだ》はやや自分の優位を感じて満足そうに笑う。

彼の言う情報とは、『犯人が二人いた』という事だ。

警察には、一人の通《とお》り魔《ま》にやられたという事にしてある。

目撃《もくげき》情報には『二人いた』というものは無かったし、後で矛盾《むじゅん》を追及《ついきゅう》されても『殴《なぐ》られた記《き》憶《おく》で忘れていた』と言えば済むだろう。

泉井《いずみい》に『警察より先に始末《しまつ》をつけろ』などと言われたからには、警察には真実を言わずに混乱させた方がいい。

——あー……だが……。何て言う？

——相手が二人がかりでやられました、ってのもなんかダセえよな、やっぱ……。

少し考えた後、法螺田が持つ生来《せいらい》の小物らしい性分《しょうぶん》が輝き、話を大幅に盛った答えが吐きだされた。

「いやあ……最初の二、三人は、普通に殴り倒してやったんだがよ……」

「え？」

「流石《さすが》に、相手が五人以上じゃ、俺もきつくてよ……」

「……」

法螺田の言葉に、青葉が考え込む。

その顔を見て、法螺田は内心《ないしん》で『しまった』と舌打《したう》ちした。

──や。やべえ、やっぱ盛りすぎたか!?

──せめて三人にしとくべきだったか……。五人以上の通り魔ってなんだよ！　ただの集団暴行《ぼうこう》する危ない連中《れんちゅう》じゃねえか！

まさに普段の自分が後輩《こうはい》のチンピラ達とそれに近い行動をしているというのは棚《たな》にあげ、法螺田は冷《ひ》や汗《あせ》を掻《か》きながら青葉の反応を待った。

流石にバレたと覚悟《かくご》したのだが──

意外《いがい》にも、青葉は真剣な表情で確認《かくにん》してくる。

「それはつまり……相手が集団だった、って事ですか？」

「お？　お、おう。だからそう言ってんじゃねえかよ。でなきゃ、俺が通り魔ごときにやられるわけねえだろうがよ！　……こいつはまだ警察にも言ってねぇ情報だからな、扱いにゃ気を付けろよ？」

「分かりました。警察には伝わらないようにします」

「お、おう？」

あまりにも素直に聞き入れる事が逆に不気味《ぶきみ》だったが、法螺田《ほらだ》はすぐに思い直す。

――よしよし、中々《なかなか》素直じゃねえか。コロリと騙《だま》されてやがるぜ。

――これもひとえに、俺《おれ》の貫禄《かんろく》のおかげって奴《やつ》か？

これも普段の自分が持つカリスマのせいだろうと、楽天的に考える事にした。

青葉《あおば》の中に、どのような考えが渦巻《うずま》いていたのかも知らぬまま。

♂♀

数分後　病院外

「よう、青葉、先輩《せんぱい》さん、どうだったよ？」

病院の外で待っていた仲間達の言葉に、青葉は神妙《しんみよう》な顔で答える。

「うん……思ってたより厄介《やっかい》かもなあ」

「どういう事だよ」

「通《とお》り魔《ま》は一人じゃない……ってのは半分予想してたけど、どうも、一人に対して複数で襲《おそ》いかかる事もあるらしい」

「はぁ？」

そして、青葉は法螺田から聞いた事をそのまま伝えた。

「マジかそれ？　適当ぶっこいてんじゃねぇの？　あの先輩、そういう面《つら》してたべよ」

「……っていうわけさ」

あからさまに疑う仲間の言葉に、青葉は半分同意しつつも首を振る。

「自分の為《ため》に犯人を捕《つか》まえろって言うなら、適当なデタラメを言う理由が無いよ。そもそも、兄貴《あにき》を怖《こわ》がってたみたいだから、ただ見栄《みえ》を張る為《ため》に俺達を動かそうとするとは思えないし」

まさかその兄――泉井蘭《いずみいらん》の指示《しじ》で法螺田が動いているとは知らず、青葉は法螺田についての人間像《にんげんぞう》を掴《つか》みあぐねていた。

「うーん、良く解《わか》んない人なんだよなあ。どう見ても小物なんだけど、こっちの想像《そうぞう》を超えた行動をしてくる。この前の狂言誘拐《きょうげんゆうかい》事件も、どうやって犯人のアジトを見つけたのか……」

『ただの偶然《ぐうぜん》である』という正解に中々辿《なかなかたど》り着かない青葉の中で、法螺田は徐々《じょじょ》に不気味な存在になりつつある。

見たり話したりしている分には、ただの小物のチンピラとしか思えないし、実際に数年前の黄巾賊《こうきんぞく》乗っ取り事件の前後では、単に青葉の手《て》の平《ひら》で踊るブルースクウェアの面子《メンツ》の一人に過ぎなかったのだが――。

まった。

——やっぱり、刑務所《けいむしょ》の中で何かあった？

——もしかしたら、俺《おれ》の知らない何かが裏で動いているのかもしれない。

なまじ自分自身が裏表《うらおもて》のある性格であるがゆえに、彼もまた、法螺田《ほらだ》という人間を疑ってし
何か裏があるのではないか、あるいは何か裏が生まれつつあるのではないかという幻想《げんそう》に囚《とら》われてしまっていたのである。

「あの天然の小物っぽさがカムフラージュになってて、ある意味それが武器《ぶき》なのかもねえ」

「カムフラージュってなんだ？」

「検索《けんさく》すれば？」

そんな会話の後、青葉《あおば》は病院の正門に向かって歩きながら、今回の事件について考える。

犯人の目星はある程度ついている。

だが、法螺田一人を複数人で襲《おそ》ったという事は、別の意味合いが加わる。

別々の目的を持った通り魔《とおま》達。

最悪の場合、複数人で同じ目的を持つ、『グループ』がいる、という事だろうか？

性質《たち》の悪い不良《ふりょう》グループが模倣犯《もほうはん》となって、数人単位《たんい》で目障《めざわ》りな敵対者達を掃除《そうじ》していると
いう可能性もある。

「参《まい》ったな、少しばかり、想定外《そうていがい》の事態《じたい》になってきた」

そして青葉は、携帯《けいたい》を取り出してどこかにメールを打ち込み始めた。

「おう、誰《だれ》にメールしてんだ？」

「首無《くびな》しライダー」

「あぁ？」

眉《まゆ》を顰《ひそ》める仲間に、青葉はニヤリと笑う。

「こないだ、辰神姫香《たつがみひめか》の写真を送ってあげた借りを返して貰《もら》わないとね」

そう言いながら、青葉はメールの送信ボタンを押し込んだ。

送信したメールの本文はシンプルであり──

なおかつ、適当に話を盛って、相手の不安を煽《あお》る文章だった。


『セルティさん。

どうも、青葉です。

突然ですけど、今池袋《いけぶくろ》を騒《さわ》がせてる通り魔捜し、協力してくれませんか？

通り魔を見つけたら、俺達の所に連れてきて貰《もら》えると助かります。

通り魔は数十人いると考えられます。

下手《へた》すれば、リッパーナイトの再現になりそうですよ？』

♂♀

新羅《しんら》のマンション

『なんだこれはー⁉』

青葉《あおば》からのメールを受け取ったセルティは、新羅にそんな愚痴《ぐち》の文章を見せた後にソファーにドサリと倒れこんだ。

「どれどれ？　ちょっと見せて貰《もら》うよ？」

新羅はセルティの携帯《けいたい》を借り、今しがた着たと思《おぼ》しきメールを確認《かくにん》する。

そして、差出人《さしだしにん》が黒沼《くろぬま》青葉だった時点で露骨《ろこつ》に嫌《いや》な目をする新羅。

「ああ……」

『青葉からも通《とお》り魔《ま》の話が出たかと思ったら、いきなり「リッパーナイトみたいな事になるかも」って言われても、私はどうすればいいんだ！　なんだ通り魔数十人って⁉』

「まさか、本当に妖刀《ようとう》みたいな何かが絡んでるんじゃ……」

『妖刀ならぬ妖槌《ようつい》でも現れたとでも言う気か⁉』

ヤケになって叫んだセルティだが、新羅は神妙《しんみょう》な顔をして言う。

「聞いた事があるよ……人に取り憑《つ》いて欲望を加速《かそく》させるっていうか魔性《ましょう》の妖槌『蛮軟陣《ばんなんじん》』……もしかしたらそれが……」

『待て！　やめろ！　これ以上話をややこしくするな！』

「まあ、それはおいといて、逆に良かったじゃないかセルティ。通り魔が複数いるなら、一人は静雄《しずお》君に渡して、残りは遊馬崎《ゆまさき》君達に引き渡そう。青葉君に渡すのは余り物でいいよ」

『そんな土産物《みやげもの》を配るみたいに言うな！』

呆《あき》れる事で落ち着きを取り戻し、むくりとソファーから起き上がるセルティ。

『しかし、本当に複数いるとしたら、どういう事だ？　やっぱり、どこかの暴走族《ぼうそうぞく》とかが絡んでるのか？』

「どうだろうね。マスコミが随分騒《ずいぶんさわ》いだから、他の事件に影響《えいきょう》を受けてマネしてるのかも」

『模倣犯《もほうはん》って奴《やつ》か……？』

確かにありえると納得《なっとく》し、セルティはまず、模倣犯の人間像《にんげんぞう》から考える事にした。

――ニュースで通り魔を見て自分もやろうと思うような連中《れんちゅう》だ。

――どのみちろくな奴じゃない筈《はず》だが……少なくとも、大人《おとな》のやる事じゃやないな。

『まあ、どうせ、何も考えてない若いチーマーとか不良《ふりょう》学生だろうな……』

♂♀

城菱葉子《しろびしようこ》は通《とお》り魔《ま》である。

本人にはその自覚はある。

悪事を働いている自覚もある。

だが、それは正義ゆえ悪事なのだと考えている。

だからこそ、自分の悪事は許されるものであり、すべての罪《つみ》は別の者が背負うべきだという確信を持って、見知らぬ他人を殴《なぐ》り続けていた。

今年で38歳《さい》になる彼女は、自称《じしょう》エッセイストとしてネットに文章をアップしているのだが、サイトの広告費の収入は年に数千円程度であり、親の遺産《いさん》を食い潰《つぶ》しながら生きていた。

仏壇《ぶつだん》にはなんの供《そな》え物《もの》もされておらず、埃《ほこり》だらけの両親の遺影《いえい》が恨《うら》めしげに部屋の中を見つめているようにすら感じられる。

しかし、彼女はそんな事は欠片《かけら》も気にしてはいない。

なぜならば、自分はもっと崇高《すうこう》なものの為《ため》に生きているという自覚があったからだ。

調和。

世界の調和。

時間の調和。

ありとあらゆる物の調和が取れた美しき世界の為に、自分の人生は消費《しょうひ》されているのである。

そんな自分が、死んだ両親の仏壇を整理するなどという私的な行為に囚《とら》われるわけにはいかないのだ。

彼女は本気《ほんき》でそう考え、両親の供養《くよう》から部屋の掃除《そうじ》に至るまで、あらゆる事を『些事《さじ》』と見なして無視しつつ、自分の言葉を武器《ぶき》として不合理《ふごうり》な世界と戦い続ける。


年に数千円分の広告収入も、ひとえに自分のサイトの炎上《えんじょう》などが原因だった。

調和を乱す物を攻撃《こうげき》すると、自然と世界の歪《ゆが》みに魅入《みい》られた者達から目を付けられる。

と、彼女は自分のサイトに書いているが、単純な話、各方面に喧嘩《けんか》を売っているだけだ。

その騒《さわ》ぎを見に来た人間の一部がたまたま広告をクリックした事による収入である。

彼女にとって『調和を乱すもの』とは、簡単に言うと、人の心を乱すものだ。

乱すというのは、興奮《こうふん》、恐怖《きょうふ》、怒り、怠惰《たいだ》、欲情、そのような感情の針《はり》を振らせるありとあらゆるものである。

過激な性描写《せいびょうしゃ》がある漫画《まんが》はもちろんの事、残酷《ざんこく》描写のあるホラー映画、銃撃戦《じゅうげきせん》のある刑事《けいじ》ドラマ、果ては裸体《らたい》を描いた芸術品《げいじゆつひん》に到るまで、全てが彼女の敵だった。

特に炎上《えんじよう》したのは、『ミロのヴィーナス』に対して「女性の腕をもいだ方が美しいという思想《そう》を伝播《でんぱ》させる暴力的《ぼうりよくてき》な性差別作品」として教科書《きようかしよ》等からの排除《はいじよ》を世に訴えた一件だろう。

その彫像《ちようぞう》に元々腕があったのか、それとも最初から腕の欠如《けつじよ》した彫刻《ちようこく》であったのかは諸説《しよせつ》ある所だが、葉子《ようこ》にとっては経緯《いきさつ》などはまったく関係ない事であり、ただ、それが芸術品としてそこに存在している事が不快であり、人間社会への冒瀆《ぼうとく》であると断言していた。

古代の美術品に対してすらその有様《ありさま》なので、当然ながらドラマや漫画《まんが》などに対しては一際攻《ひときわこう》撃的《げきてき》な一面を見せている。

特に彼女が敵視しているのは、『アウル・オブ・ザ・ピーピングデッド』という名で展開している一連のメディア作品だ。

池袋《いけぶくろ》の街をゾンビが支配し、生存者達《せいぞんしや》がその中で日々を生きていくという話らしいが——葉子は、その設定に対して嫌悪《けんお》を通り越し、根源的《こんげんてき》な恐怖《きようふ》すら覚えている。

なにしろ死者が生き返り、人間を襲《おそ》うという『ゾンビ』という概念《がいねん》がまず理解できなかった。そんなものを観《み》た子供が、『人は殺してもまた動く』などと考えたらどう責任を取るというのだろう。彼女はその考えからかつてゾンビ映画の排除を訴える市民《しみん》団体に所属《しよぞく》していた事もあるのだが、あまりに過激《かげき》な主張をし続けた結果、強制退会《たいかい》処分を受けている。

更《さら》に、そんなゾンビが池袋という街に溢《あふ》れかえるというのだ。

——私達の街が穢《けが》されている。

彼女の中では、その映画やアニメが世間《せけん》に公開される事は、池袋の街にガソリンとヘドロを同時にぶちまけているも同然である。

そんな恐ろしいものをありがたがる市民がいる時点で、すでに彼女の思い描く『調和のある世界』は崩壊《ほうかい》していた。少なくとも、彼女はそう信じていた。

ちなみに彼女は、『アウル・オブ・ザ・ピーピングデッド』の細かいストーリーを知らない。

映画はおろか、アニメも漫画も見たことがなかった。

彼女にとっては、あらすじと、検索《けんさく》して出てくるイメージビジュアルを観れば十分だったのである。

池袋の街にゾンビが現れるという舞台《ぶたい》設定。

そして、流れる血のイメージを描いたポスター。

それだけで、嫌悪するには十分である。

既存《きそん》の街に暴力《ぼうりょく》要素を持ち込む事が許せない。

『観ないのに何故《なぜ》内容が分かるのか』などと言う者達がいる。

葉子は、そんな者達にキッパリと言い返した。

『観なくても分かる』と。

『お前達のように、私の人格を攻撃《こうげき》してくる人間に支持されているという事が、その作品が害悪であるという最大の証明《しょうめい》に他ならない』と。

当然ながら彼女のHPの掲示板《けいじばん》やSNSのアカウントは炎上《えんじょう》し、彼女に対して正論をもって議論《ぎろん》しようとするものから、単に暴言《ぼうげん》を吐いて去る匿名《とくめい》の輩《やから》まで大量にサイトに押し寄せた。

そして彼女は、その暴言だけを掬《すく》い取り、自分のHPに掲載《けいさい》し、『このような発言をする者達が、あの俗悪《ぞくあく》映画を支持する者達の正体だ』として喧伝《けんでん》する。

正論は無視した。

言い返せないからではなく、彼女は『一見冷静に見えるが、冷静なままこの作品を支持するなど、完全に洗脳《せんのう》されているに違いない。そんな者達には何を言っても通じないだろう。なんて哀《あわ》れな人間だ』と、言《い》い訳《わけ》ではなく、心の底からそう思って憐《あわ》れんでいるのである。

葉子《ようこ》にとっては基本的に自分の思い描く世界こそが正義であり、それ以外の思想《しそう》に身を委《ゆだ》ねている者は、邪悪《じゃあく》な悪魔《あくま》か、洗脳されてしまった哀れな被害者《ひがいしゃ》としか見る事ができなかった。

恐ろしい事に、そんな彼女に賛同《さんどう》する者も一定数存在した。

表向《おもてむ》きは『子供達に綺麗《きれい》な未来を』という事を旗印《はたじるし》としている為《ため》、それに賛同した者達が葉子に徐々《じょじょ》に感化されていくケースも多い。ある意味、彼女の迷いの無さは一種のカリスマ性を持っているのかもしれない。

　更《さら》には、映画やドラマ、漫画《まんが》やゲームの表現規制《きせい》を進めたがっている層にとっては、葉子の一部の側面を利用するのは都合《つごう》が良かった。

　もちろん彼女の思想が極端《きょくたん》である事は理解しているが、そんな彼女を攻撃する者達の暴言や、殺人行為などの無法行為を収拾できる事は明確な利点だったのである。

　葉子に対しての殺人予告などがあれば、それを大々的に取り上げて『これが、過激《かげき》な漫画を読んでいる者達の行動である』として、世間《せけん》に対して印象《いんしょう》を操作《そうさ》する事ができる。もちろん、世間が葉子の異常に気付けば意味が無いというのも理解している為、そういう者達は、あまり大々的に葉子を被害者として表に出す事はしなかったのだが。

　様々《さまざま》な思惑《おもわく》に取り囲まれながらも、葉子はまったく気にせず活動を続ける。

　彼女は自分の思想を理解する者達と共に、Peoples for the Calm Treatment of IKEBUKURO.を設立し、『アウル・オブ・ザ・ピーピングデッド』に対して徹底的《てっていてき》な攻勢を仕掛け始めた。

　数年にわたる闘争《とうそう》。

　彼女の活動に反して、アニメも映画もヒットを続け、街がゾンビ一色に染め上げられていく。

　去年の10月のハロウィンには、『アブピ』の制作会社や出版社が中心となって『ゾンビの仮《か》装《そう》で盛り上げよう』という動きがあった。

　阻止《そし》すべく動いた同志《どうし》が、イベントを妨害《ぼうがい》したという罪《つみ》で警察に逮捕《たいほ》された。

『おどろおどろしいゾンビ色のイベント会場を破壊《はかい》する事で浄化《じょうか》しようとしただけなのに』

と、彼女と同志《どうし》達は考え、何一つ反省する事はなかったのだが——一向に止まらぬ『アブピ』の勢いに、流石《さすが》に疲れと焦燥《しょうそう》が生まれてきていた。

そんな最中《さなか》——奇跡《きせき》が起きる。

彼女にとって、それはまさしく天恵《てんけい》だった。

『アブピ』のキャラクターの格好《かっこう》をした人間が、通《とお》り魔《ま》事件を起こしたというのである。

ネットで寄せられた情報《じょうほう》を元に、彼女はマスコミの発表よりも早く、犯人が『ダークアウル』というキャラクターの格好をしている事を知ったのだ。

これで全てが終わる。

戦いは我々の勝利だ。

邪悪《じゃあく》な虚構《きょこう》に心を穢《けが》された者がどのような恐ろしい事をするか、これで世間《せけん》も理解する事だろう。

通り魔の被害者《ひがいしゃ》は、調和の為《ため》の生贄《いけにえ》となってくれたに違いない。

彼女達は通り魔事件の発生を心から悼《いた》み、心から喜んだ。

ところが——

マスコミは中々『ダークアウル』の情報を公開せず、それどころか、事件の報道すら僅《わず》か一日で目減《めべ》りしている始末《しまつ》だ。

一体どういう事なのだ。

『アブピ』がマスコミに金を渡しているのではないか？

希望が、絶望へと反転した。

社会は調和を目指《めざ》していない。

その事実を突きつけられた彼女は、自分の人生が否定されたかのように荒れ狂った。

自宅にある様々《さまざま》なものを破壊《はかい》した後、悔《くや》しさに枕《まくら》を濡《ぬ》らし、濡らし、濡らし――

ふと、思いつく。

まだ、生贄が足りなかったのではないか？

調和の為の『尊き犠牲《とうとぎせい》』が、もっと必要なのではないだろうか？

そう気付いた彼女は――周囲の『側近《そっきん》』達に相談する。

自分を利用しようとしている政治団体の面子《メンツ》ではなく、真に彼女の思想《しそう》に共感した数人に。

長い長い『説得《せっとく》』の末――葉子《ようこ》を初めとする数名の『調和の使者《ししゃ》』達は、一つの結論に辿《たど》り着いた。

悪魔《あくま》を殺す為に、その悪魔自身に魂《たましい》を売り渡そうと。

「こうするしかないの、ごめんなさい、ごめんなさいね」

そう謝りながら、倒れた通行人を更《さら》に殴打《おうだ》する。

相手のうめき声を聞く度《たび》に。

あるいは流れる血を見る度に、彼女は実感した。

救いようのない『穢《けが》れ』が自分を包み込んでいると。

ダークアウルという、全てが穢れでできた殻《から》。

だが、これは池袋《いけぶくろ》の調和への一歩なのだ。

やがて池袋の全てが浄化《じょうか》されれば、この殻は砕《くだ》け、自分達は本当の意味で生まれ変わる。

そう信じて、彼女達は『ダークアウル』としての悪行《あつぎょう》を積み重ね続けた。

人々が、ダークアウルという存在と、それを内包《ないほう》する『アブピ』の邪悪《じゃあく》さに気付くまで、彼女は自らの歩みを止める事はないだろう。

だが、そんな彼女はある日気付く。

自分達以外の——恐らくは本物の通《とお》り魔《ま》が、街の不良達《クズども》を狩《か》り始めているという事に。

「ああ、ついに来たわね……」

彼女は呟《つぶや》いた。

その通り魔が、一番最初の通り魔かどうかは分からない。

しかし、それが自分達の調和活動を邪魔《じゃま》する『アブピの邪悪なる意志《いし》』によるものだと葉子《ようこ》は確信していた。

クズどもを掃除《そうじ》し、偽《いつわ》りの調和をなす事で、『アブピ』が安全な存在だと世間《せけん》にアピールしようとしてるに違いない。

「もっとよ……もっと生贄《いけにえ》を捧《ささ》げないと……」

対抗《たいこう》する手段はただひとつ。

より多くの生贄達の血をもって、池袋の街を浄化するしかない。

厳《きび》しい戦いの予感に包まれたが、葉子の目に躊躇《ためら》いはなかった。


全ては、池袋の未来の為《ため》なのだから。

その理想《りそう》を胸に、彼女達は今宵《こよい》も生贄を探し続ける。

池袋の為に。池袋を邪悪な簒奪者《さんだつしゃ》達の手から守り抜く為に。

葉子は、今日も邪悪の象徴《しょうちょう》である『包帯《ほうたい》ハンマー』を握り締《し》めた。


ちなみに、彼女は埼玉県民《さいたまけんみん》であり、池袋には住んでいない。

間章　ネットの噂

池袋《いけぶくろ》情報《じょうほう》サイト『いけニュ～！　バージョンI・KEBU・KUR・O』

新着《しんちゃく》記事『管理人大予想！　池袋の通《とお》り魔《ま》は二人いる!?』

『いけニュ～！』管理人コメント

「通り魔の事件を色々見てたら気付いたもじゃ。

犯人ってこれ、全部同一犯じゃない気がするもじゃ。

地図で事件が起こった場所を調べてみると、普通の人達が襲《おそ》われてるエリアと、暴走族《ぼうそうぞく》とかカラーギャング系《けい》のチンピラが襲われてるエリアに分かれてるもじゃ。

片方はカラーギャングの抗争《こうそう》かもしれないもじゃよ。

今なら誰《だれ》が何をやってもダークアウルの格好《かっこう》してれば、通り魔のせいにできるもじゃ。

これは、最初に被害《ひがい》にあったカップルが一般人《いっぱんじん》かそっち系《けい》の人かで決まるもじゃね。

まあ、もう始まりなんてどうでもいいもじゃ。

このまま街はダークアウルの手に落ちてしまうもじゃ？


それにしても、不思議《ふしぎ》もじゃね。

警察も街の監視《かんし》カメラとかを調べてる筈《はず》もじゃ。

みんなも警戒《けいかい》し始める中、これだけ被害が続くという事は、どっち側の人間にも、それなりに警察の目をかいくぐる技術があるという事もじゃ？

それとも、何か別の理由があるもじゃかね。

これで犯人が本当に二人いたら、拍手喝采《はくしゅかっさい》して欲しいもじゃ」

管理人『リラ・テイルトゥース・在野《ざいや》』

サイトのコメント欄《らん》より抜粋《ばっすい》

・知ってた。

・んなことよりスネイクハンズって変な広告なんだよ管理人　※（数分後に削除《さくじょ》）
・今更《いまさら》!?　俺《おれ》はもう連休前から気付いていたけど。
・つーかこれ情報《じょうほう》ソースどこよ？　事件の詳しい場所とか被害者がチーマーとか新聞とかにも載《の》ってないじゃん。
・アーイタタタタ
・いや、拍手喝采《はくしゅかっさい》しろって、被害者出てるのに不謹慎《ふきんしん》じゃないですか。
・犯人は管理人。
・もじゃもじゃうっせーよボケが。
・犯人はホステス。
・通《とお》り魔《ま》って本当にいるの？　マスコミの捏造《ねつぞう》じゃね？
・おい、なんでスネイクハンズに触れると削除されんだよ。　※（数分後に削除）
・スネイクハンズスネイクハンズスネイクハンズスネイクハンズスネイクハンズスネイクハンズスネイクハンズ　※（削除&アクセス禁止処置《しょち》）

♂♀

ツイッティア

呟《つぶや》きサイト『ツイッティア』より、一般人《いっぱんじん》の呟きを一部抜粋《ばっすい》。

・とうとういけニュ～管理人が妄想《もうそう》垂れ流し始めた？
→妄想っていうか、ツイッティアで騒《さわ》いでる連中《れんちゅう》の意見をそのままパクったっぽい。
→マジかよ、管理人最低だな……。

・通《とお》り魔《ま》って、また首無《くびな》しライダーが絡んでるんじゃないの？
→なんでも首無しライダーのせいにするのはどうかと思います。
→思考《しこう》停止になって真犯人が捕《つか》まりにくくなるかもしれませんよねー。
→ネタにマジレスされても……。

・まあ、どっちにしろ一番の被害者は『アウル・オブ・ザ・ピーピングデッド』だよね。
→池袋《いけぶくろ》の治安《ちあん》を守ろう！　#アウル・オブ・ザ・ピーピングデッド撲滅《ぼくめつ》運動
→子供達の未来が汚《けが》されています。#アウル・オブ・ザ・ピーピングデッド撲滅運動
→池袋を邪悪《じゃあく》な虚構《きょこう》から守ろう。　#アウル・オブ・ザ・ピーピングデッド撲滅運動
→なんなのこれ……。

→ああ、アプピを略《りゃく》さないで書くと絨毯爆撃《じゅうたんばくげき》されるよ。PC血袋《ちぶくろ》の拡散《かくさん》運動っぽい。
→PC血袋の連中が数十人単位《たんい》でやってるっぽい。
→マジかよ。逆効果だって事に気付かないのかねこいつら。
→現実と妄想の区別がついてないんでしょ。

・次あたり、あいつらがやられるんじゃね？　屍龍《ドラゴンゾンビ》の連中。
→え？　あそこのチームってまだあったの？
→ボスが戻ったとかなんとかで、最近結構《けっこう》走ってるよ。
→珍走団《ちんそうだん》は纏《まと》めて通り魔に狩《か》られちゃって欲しい。マジで。
→ダラーズは消えちゃったのにね。
→本当に消えたのかな？
→どういう事？
→今回の件、裏にはダラーズとか黄巾賊《こうきんぞく》がいるかもよ？
→ダラーズって自然消滅《しょうめつ》したじゃん。
→そう、自然消滅。だから、ハッキリと解散宣言《せんげん》したわけじゃない。
→それこそ、ゾンビみたいに蘇《よみがえ》ってもおかしくないよねー。

「俺に任せて先にいけ」

四章

四章　俺に任せて先にいけ

池袋某所《いけぶくろぼうしょ》　総合商業ビル『神品会館《しんぴんかいかん》』4F

池袋の駅から少し離れた場所にある商業ビル。

敷地《しきち》面積はさほど広くないものの、一階は台湾《たいわん》からの輸入品《ゆにゅうひん》などを取り扱う雑貨店《ざっかてん》となっており、二階は台湾料理屋、三階は本屋といったように、様々《さまざま》な業種《ぎょうしゅ》の店が入っていてそれなりに賑《にぎ》やかな空気を醸《かも》し出しているビルだ。

四階はビル内の店が持ち回りで使うイベントスペースとなっているが、催事《さいじ》のない時は『屍龍《ドラゴンゾンビ》』のリーダーであり、ビルのオーナーの親戚《しんせき》でもある嬰麗貝《エイ・リーベイ》が、幹部《かんぶ》を主とする少人数の溜《た》まり場として間借《まが》りしている事が多い。


「というわけなんですけど、麗貝さんは通《とお》り魔《ま》に心当たりありませんか？」

八尋《やひろ》の言葉に、麗貝は呆《あき》れたように首を振った。

「いや……もしかして、それを聞きにここまで？」

「はい」

「俺《おれ》らの溜《た》まり場、よく知ってたねぇ」

「久音《くおん》君に聞きました」

淡々《たんたん》と言う八尋《やひろ》に、麗貝《リーベイ》が苦笑《くしょう》する。

「やれやれ、久音ってのはあの緑頭の小僧《こぞう》だよねぇ。あいつはなんで知ってたのかなぁ？　まあいいやぁ」

麗貝の側《そば》には二人の姉が立っており、催事場《さいじじょう》の中には数人の『屍龍《ドラゴンゾンビ》』メンバー達が屯《たむろ》し、八尋の事を遠巻きに警戒《けいかい》していた。

「もしかしたら、俺らの仲間になりたい……なんていう事を言ってくるのかなって期待したんだけどねぇ。流石《さすが》にそれは虫が良すぎたかぁ」

「すみません」

「いや、謝る所でもないけど……。でもさ、怖《こわ》くないかい？　一人でこんな、暴走族《ぼうそうぞく》の溜まり場みたいな所に来るなんてさぁ」

「凄《すご》く怖いです」

正直に言った後、八尋は続ける。

「でも、通《とお》り魔《ま》を野放しにしておく方がもっと怖いっていうか……」

「いやいや、こういうのも何だけどさぁ、俺からすれば君の方が俺らよりも通り魔よりも怖い存在だからねぇ？　スネイクハンズ君？」

「止めて下さい。どうしてそんな渾名《あだな》が広まったんだろう……」

八尋はやや顔を赤らめて目を逸《そ》らした。

目の前にいる麗貝こそがその渾名を広めた張本人《ちょうほんにん》なのだが、彼はそんな事はおくびにも出さずに首を振る。

「不思議《ふしぎ》な事もあるもんだよねぇ。でも大丈夫《だいじょうぶ》だよぉ、その渾名、似合《にあ》ってるし」

「そうですか？」

「そうだよ？」

「なら、別にいいのかな……」

首を傾《かし》げつつも納得《なっとく》する八尋を見て、麗貝は笑いながら言った。

「まあ、俺達としてもねぇ、君が通り魔を捕《つか》まえてくれるっていうなら大助かりさぁ。その為《ため》なら、いくらか手伝いはするよぉ？」

「ありがとうございます」

「まあねえ、俺達も、この件については調べてるっちゃ調べてるんだよねぇ。ぶっちゃけた話、俺達にまで疑いの目が向けられてて、他人事《ひとごと》じゃなくなっちゃってさぁ」

「そうなんですか」

「通《とお》り魔《ま》は二人いる……なんて噂《うわさ》があるけれど、そのうち片方が俺達《おれたち》じゃないかって言われてるわけだ。それか、ブルースクウェアの連中《れんちゅう》って噂だよ」

その話については八尋《やひろ》も知っていた。

久音《くおん》の姉も今朝《けさ》がたそんな噂をサイトに流していたが、姫香《ひめか》や青葉《あおば》との会話でも出て来た話なので、特に今更《いまさら》驚くような話でもない。

「ブルースクウェアの人達も、犯人を捜してるから違うと思います」

「……ああ、君はそっちにも知り合いがいるんだっけ？」

「一応、顔見知りぐらいですけど」

「俺だからいいけど、あんまりそういうの言わない方がいいよぉ？　ブルースクウェアのメンバーと仲が良いってだけで、『Tｏ羅丸《とらまる》』の連中には敵視されるだろうしねぇ」

そんな事を言った後、麗貝《リーベイ》は苦笑《くしょう》しながら言葉を続ける。

「参《まい》ったな、嫌《いや》な共同作業だ。まあ、『邪《ジャ》ン蛇《ジャ》カ邪《ジャ》ン』の連中と手を組むよりは遥かにマシだけどさぁ……それでも、表《おもて》だって一緒《いっしょ》に動くのは無理《むり》だねぇ。下手《へた》に『ブルースクウェアと屍龍《ドラゴンゾンビ》が一緒に動いた』なんて噂が立つと、それこそ周囲の連中を警戒《けいかい》させちまう。俺らが同盟《どうめい》を結んだんじゃないかってさぁ」

「そういうものですか」

「そういうものだよぉ？」

首を傾《かし》げる八尋を見て、麗貝がからかうように首を傾げ返した。

黒沼先輩《くろぬませんぱい》とも似たようなやり取りをした気がするな、と思いながら、八尋はふと考えこむ。

「でも、今日《きょう》は俺は別に、嬰《エイ》さん達に何かしてもらおうと思ったわけじゃなくて、話を聞きに来ただけだから大丈夫《だいじょうぶ》ですよ？」

「そうかなぁ？　君はともかく、君と連《つる》んでる子達は俺達の事なんかも利用したがってるんじゃない？」

皮肉《ひにく》げに言って肩を竦《すく》める麗貝に、八尋は再び首を傾げた。

「うーん……そういうのは良く解《わか》らないですけど」

八尋は自分の雇《やと》い主《ぬし》である久音の事を考え、一つ思い出す。

「ああ、でも、少なくとも俺の事は利用してるそうです。そう言ってました」

「ブラックすぎるねぇ」

肩を竦める麗貝に、八尋が言った。

「でも、俺は気にしてないから大丈夫です」

「え？　そういう問題？」

麗貝は暫《しば》し八尋を見つめた後、溜息《ためいき》を吐いてから話を元に戻す。

「……まあ、君がいいなら別にいいけどねぇ。どっちにしろ、屍龍《ドラゴンゾンビ》もブルースクウェアも派手《はで》には動けない。この前みたいに数で押して通《とお》り魔《ま》をどうこうするって手は使えないよ？

ああ、いや、結局あれも君が一人でどうこうしちゃったんだけどねぇ」

そこまで言った所で、麗貝《リーベイ》はやや意地《いじ》の悪い笑《え》みを浮かべ、八尋《やひろ》をピシリと指差した。

「だからこそ……例えば『スネイクハンズ』みたいな謎《なぞ》の怪人《かいじん》が通《とお》り魔《ま》をやっつけてくれれば、俺達《おれたち》やブルースクウェアの干渉《かんしょう》も疑われないで済むんだけどさぁ。どうかなぁ？」

「……」

少し考えた後、八尋は大きく頷《うなず》いてみせる。

「なるほど、確かに納得《なっとく》できます」

「あらら、納得しちゃったよこの子」

「そうか……そうですよね、謎の怪人が通り魔を捕《つか》まえれば、誰《だれ》も通り魔から逆恨《さかうら》みされないし……。通り魔に仲間が居たとしても安心ですよね……」

独《ひと》り言《ごと》をブツブツと言った後、八尋は顔を輝かせてペコリと一礼《いちれい》して見せた。

「ありがとうございました、麗貝さん！　俺、なんか分かった気がします！」

数分後。

暫《しば》く会話を続けた後に帰っていった八尋。

その背を見送っていた麗貝だが、彼の姿《すがた》が消えた途端《とたん》に、笑《え》みを消しながら呟《つぶや》いた。

「彼、危ういなぁ」

心の底から心配し、同時に警戒《けいかい》するような表情を浮かべたまま、独りごちる。

「善人《ぜんにん》でも悪人でもいいから、上手《うま》く歯止めをかけられる友達がいればいいけどねぇ」

♂♀

某《ぼう》マンション　琴南宅《ことなみたく》

自宅に戻った久音《くおん》は、いつものように食事の支度《したく》をして姉の部屋の前に置くと、そのまま自室に戻ってパソコンを開いた。

画面に映る様々《さまざま》な情報《じょうほう》を整理しつつ、彼は今後の事について静かに考える。

「さてと……そろそろいい塩梅《あんばい》かな」

椅子《いす》に座ったまま両腕《うで》を上げて身体《からだ》を伸ばした後、久音は薄い笑みを浮かべた。

すると、机の上に置いた携帯《けいたい》が振動《しんどう》する。

「もしもし」

『ヤッホー、久音。元気してる？』

「よう姉《ねえ》ちゃん、部屋の前にメシ置いといたからな。冷めない内に食ってくれよ」

『うん、大丈夫大丈夫《だいじょうぶ》。その前に、ちょっとだけ話しとこうと思って』

隣《となり》の部屋にいる姉とは、電話で会話する事が日常となっていた。

互いに距離《きょり》を空《あ》けているわけではなく、今の姉——望美《のぞみ》にとっては、これが一番人との距離を縮める方法だと久音《くおん》は理解している。

「なんだよ、話って」

『連休中にケリつけちゃう気？　通り魔《とおりま》の件』

「まあね。学校始まるとまた面倒臭《めんどくさ》くなりそうだし……どうも八尋《やひろ》の奴《やつ》、屍龍《ドラゴンゾンビ》の所にまで情報漁《じょうほうあさ》りに行ったらしくてさ。これ以上あいつに任せてると、話がでかくなりすぎる」

疲れたように言う久音に、望美が意地《いじ》の悪い声を出す。

『心配してるんだ、あの子の事』

「してねえよ」

『初めてできた友達だもんねー』

「違《ちげ》ぇよ！　友達ぐらい前から居たわ！」

ギリギリと歯を鳴らす久音に、電話口の向こうからからかいの声が響《ひび》き続けた。

『言っておくけど、黒沼《くろぬま》君達は友達に入らないからね？』

「え？　駄目《だめ》？」

『だって、お互いに何一つ信用してないでしょ？』

「……何も疑わないのが友達だとは思わないけどな、俺《おれ》は」

溜息《ためいき》混じりに言う久音に、姉が笑う。

『そう？　少なくとも、八尋君は久音の事を友達だと思ってるっぽいよ？』

「知ったこっちゃないね。それはあいつがお人好《ひとよ》しなだけさ」

久音は僅《わず》かに沈黙《ちんもく》した後、ハッキリと姉に言い放った。

「その証拠《しょうこ》に、俺は、今回の件でもアイツ一人に汚れ役を押しつけるつもりなんだからさ」

あくどい笑《え》みを浮かべる久音。

その心中《しんちゅう》に思い浮かぶのは、一年前に出会った、とある女性研究者との邂逅《かいこう》だった。

♂♀

一年前　池袋某所《いけぶくろぼうしょ》

「折原臨也《あのバカ》の事が知りたいですって？」

その女は、臨也《いざや》の名前を出した瞬間《しゅんかん》、あからさまに不機嫌《ふきげん》そうな顔をした。

「彼については、貴女《あなた》が一番詳しいって聞きました」

久音の言葉に、長い髪《かみ》の女は不機嫌そうに舌打《したう》ちをする。

「……仕事でたまに日本に戻って来たらこれだものね。まったく、生きてるのか死んでるのか知らないけど、人に迷惑《めいわく》かけるのは変わらないわね」

そう言いつつも、臨也《いざや》の助手《じょしゅ》をしていたという女――矢霧波江《やぎりなみえ》は、臨也についてそれなりに語ってくれた。

「どうしてアイツが街の状況を操《あやつ》れてたのかって？　そこをまず勘違《かんちが》いしてるわ、貴方《あなた》」

「え？」

「あいつはね、殆《ほとん》どのケースで街の状況を操ったりはしてなかった。ただ、火種《ひだね》を放り込んでただけよ。その火が燃えさかろうが消えようが、あいつはそれを楽しんでただけ。どんな状況になっても『それが正解だ』なんて顔をして楽しんでるから、傍目《はため》には全部アイツの手《て》の平《ひら》の上みたいに見えるだけよ」

「でも、それだけじゃないと思います。実際、あの男が裏で色々と操ったせいで……人生が滅《め》茶苦茶《ちゃくちゃ》になった人もいるし……」

目に暗い炎《ほのお》を湛《たた》えながら言う久音。

当時の彼は、まだ髪《かみ》を緑色《みどりいろ》に染める前の真面目《まじめ》一辺倒《いっぺんとう》な外見である。

そんな少年の目に宿る光を見て、波江は興味《きょうみ》を持ったのか、少し態度を軟化《なんか》させた。

「……ふうん？　貴方、臨也の奴《やつ》を崇《あが》めてるわけじゃなくて、憎《にく》んでるみたいね？」

「いや、それは……」

「気に入ったわ。だから教えてあげるけど、確かにあいつは、いくつかのケースで完全に状況を操作《そうさ》してたわ。多分、人の心もね」

「それには、一つ条件がある。あいつがイカれた一番の理由でもあるし、簡単にはマネできない事よ。まともな奴なら、まずやらない手口」

波江の言葉は、まるで過去を懐《なつ》かしんでいるかのようだった。

「あいつが本気《ほんき》で全てを操ろうと思った時は、いつも自分を一番危険な場所に位置づけた。その一連の事件の中で、一番深くて、一番暗い場所にね。何かあれば真《ま》っ先《さき》に自分の命が危なくなる場所で、一番の汚れ仕事をやってのけた」

「……」

「逆に、アイツが完全に安全な場所から何かしようとした時は、大抵《たいてい》ろくな結果になってなかったわね。覚悟《かくご》の差っていうのかしら。よく、『人を殺していいのは殺される覚悟がある奴だけ』、なんて言うけれど、臨也の場合は、『一人の頬《ほお》を叩《たた》くためだけに、殺される覚悟を決める』ような奴だったわ」

波江はそう言った後に、久音《くおん》の目を覗《のぞ》き込み、彼の心を見抜いたかのように断言する。

「もしもあいつみたいになりたいと思うなら、そこに脚《あし》を踏み入れられるかどうかよ」

「……」

気圧《けお》されつつも、目を逸《そ》らさずに見つめ返す久音《くおん》に、波江《なみえ》は軽い溜息《ためいき》を吐きながら言った。

「ま、君が泥沼《どろぬま》に嵌《は》まって溺《おぼ》れ死のうと、私にはどうでもいいことだけどね。どんな形であれ、あいつに関わるなら、気を張らないと呑《の》み込まれて破滅《はめつ》するわよ」

何故《なぜ》、貴女《あなた》は臨也《いざや》に呑み込まれなかったのか。

どうして、それほど深く関わりながら、臨也に洗脳《せんのう》されなかったのか。

そう尋《たず》ねると、波江はどこか遠くを見つめ、恍惚《こうこつ》とした表情で答える。

「私には、どんな時にも折れない心の支えがあるもの。あんな奴《やつ》に呑まれるわけないわ」

♂♀

──そうだ。

──俺《おれ》にも、心の支えはある。

波江との会話を思い出しながら、久音は静かに決意《けつい》した。

「姉《ねえ》ちゃん」

『何？』

「俺さ、姉ちゃんの事、好きだぜ」

『うん、知ってる』

家族としてなのか、男女としてなのか。それはお互いに分からなかった。

だが、久音は敢《あ》えてそれを言葉にした後、更《さら》に付け加える。

「俺は、人間が嫌《きら》いだ。だけど姉ちゃんだけは好きだ」

『それ、自分に言い聞かせてる？』

「ああ、ゴメンな姉ちゃん、自己満足に付き合わせて」

『別にいいよ。姉弟なんだし』

カラコロと笑う姉の声を聞いて、久音は小さく微笑《ほほえ》んだ。


電話が終わって少し経《た》った後、久音は携帯《けいたい》を握り締《し》める。

そして、姉の部屋の方がある壁に額《ひたい》をつけ、誰《だれ》にも聞こえぬような小声で独《ひと》り呟《つぶや》いた。

「俺はいくらでも悪人になれる。折原《おりはら》臨也にはできなかった事だってやってやるし、友達だって利用して地獄《じごく》に落としてやるさ」

久音は少しだけ悲しげな表情をして、一言《ひとこと》だけ付け加えた。

「……迷惑《めいわく》かけたら、ごめんな、姉ちゃん」

♂♀

連休最終日　池袋某所《いけぶくろぼうしょ》

通《とお》り魔《ま》の一人である味村翔弥《あじむらしょうや》は、難しい顔で夕方の池袋を歩いていた。

「昨日《きのう》は危なかった……まさか、あのタイミングで躱《かわ》されるとは……」

一撃《いちげき》で昏倒《こんとう》させる予定だったのに、刺客《しかく》からの一撃《いちげき》を避けたドレッドヘアの男。

その後バランスを崩して勝手《かって》に怪我《けが》をしていたが、自分が与えるべき『制裁《せいさい》』には程遠いものだった。

「くそッ……クズのくせに……」

あれは平和島静雄《へいわじましずお》と常に一緒《いっしょ》にいる男だ。

平和島静雄の人間離れした力は味村も知っている。

だからこそ、その周りにいる人間を襲《おそ》う事で、平和島静雄という、街の暴力《ぼうりょく》のシンボルである男に精神的な制裁を加えようとしたのだ。

ところが間一髪《かんいっぱつ》で避けられ、騒《さわ》ぎになった事であやうく身を滅ぼしかけたのである。

——やっぱりクズとは言え喧嘩《けんか》慣れした連中《れんちゅう》は怖《こわ》いな。

──こないだの法螺田《ほらだ》って奴《やつ》も、まさか殴《なぐ》り返して来やがるなんて、クソ！　クソ！

「……」

そこで味村は一旦《いったん》言葉を止め、深く考え込んだ。

自分が通り魔であるという自覚は無いが、自分の行為について、すでに迷いはない。

ただ一つ──味村には、不思議《ふしぎ》に思う事があった。

法螺田という男に正義の鉄槌《てっつい》を下した時の事で、腑《ふ》に落ちない事が一つある。

最初に反撃《はんげき》されて殴られた後──

起き上がった時、あの法螺田という男は何故《なぜ》か頭から血を流して地面に倒れていた。

──あれは一体、誰がやったんだ？

自分は一人で行動していた。

サイトのメンバーには『あれは通り魔などではなく、正義の行動だ』と煽《あお》ってはいたが、流石《さすが》に自分がそれを成しているという事はまだ話していない。

それを明かすのはまだ早い。

早いのだ。

通り魔などという不当な悪評《あくひょう》をすべて覆《くつがえ》した後にこそ、自分がダークアウルであると世に明かすべきである。

その時こそ、本当の意味で自分と『アブピ』は一つになる。

世界が真実の姿《すがた》を見せるのだ。
そんな事を考え終えた所で、彼は疑念の答えに思い至る。
――あれは、アブピの……俺のファンの仕業《しわざ》なんじゃあないか?
あの時法螺田《ほらだ》を地に伏せさせたのは、自分に同調してくれる同志《どうし》かもしれない。
法螺田を選んだのは、近所でも有名なワルだとネット仲間の噂《うわさ》を聞いたからだ。
単に、純粋《じゅんすい》に法螺田に恨《うら》みを持つものが襲《おそ》っただけかもしれない。
だが、偶然《ぐうぜん》にせよなんにせよ、陰ながら自分を助けてくれる存在が現れた。
これこそ、自分が世界に選ばれた何よりの証拠《しょうこ》なのではないか?
味村《あじむら》はそう考えて、力強く頷《うなず》いた。
自分は『アブピ』の為《ため》にやっているのだ。
仮に警察に捕《つか》まったとしても、大した罪にはならないだろう。
何しろ、本来は警察がやるべき事を代わりにやってやっただけなのだから。
ボストンバッグに荷物を詰め込みながら、味村は笑う。
ただ、笑う。
――なんて楽しいんだ。
――やっぱりこれが、俺《おれ》の本当の人生だ。

通《とお》り魔《ま》という行為に手を染めて、初めて味わった生きる実感。

それを途切《とぎ》れさせない為に、彼は再び歩み出す。

ボストンバッグの二重底《にじゅうぞこ》の下にある、包帯巻《ほうたいま》きのハンマーの重さを感じながら。

♂♀

夕暮れ時　八尋《やひろ》のアパート前

夕暮れの中、八尋は下宿《げしゅく》先であるアパートの前まで戻って来た。

「よう、今日《きょう》も遊び回ってきたみてぇだな」

鼻唄混《はなうたま》じりで車を洗っていた男——渡草三郎《とぐささぶろう》が、そんな八尋を見て上機嫌《じょうきげん》で声をかける。

「はい、色々と回って来ました」

「どこに行ってきたんだ？」

「ええと……あの、神品会館《しんぴんかいかん》とか……」

行った場所については特に隠《かく》す必要もあるまいと、八尋は正直に答えた。

「おお、あの台湾《たいわん》料理屋とか入ってるとこな。あそこ、『屍龍《ドラゴンゾンビ》』って連中《れんちゅう》が溜《た》まり場にしてるから、喧嘩《けんか》とかに巻き込まれないように気を付けろよ？」

を打つ。

流石《さすが》に『その人達と会ってきました』と言うのは不味《まず》い気がしたので、八尋《やひろ》は適当に相づちを打つ。

「そうかー、最近は通《とお》り魔《ま》が暴《あば》れてっからそっちにも気を付けろよー」

「はい、ありがとうございます」

そこで八尋は、『そういえば三郎《さぶろう》さんには通り魔の情報《じょうほう》を聞いていなかった』という事を思い出し、それとなく尋《たず》ねてみた。

「通り魔って、昔もあったんですよね？」

「ん？　……おお、切《き》り裂《さ》き魔《ま》か？」

そこで僅《わず》かに渡草《とぐさ》の目が細められる。

八尋はそれを見逃《みのが》さなかった。

単に物騒《ぶっそう》な話を語る時の嫌《いや》な感じではなく、明らかに何か深い思い入れがある目つきである。

——あれ？

——三郎さん……何か、切り裂き魔について知ってる？

なんとか言葉を選んで話を続けようとした八尋だが、丁度《ちょうど》その瞬間《しゅんかん》、携帯《けいたい》から着信音《ちゃくしんおん》が鳴り響《ひび》いた。

「はい、もしもし。三頭池《みずち》です」

『あ、ヤッホー！　狩沢《かりさわ》だけどさ、やっぴー、今夜暇《ひま》？』

「あ、お疲れ様です」

やっぴーというのは恐らく自分の渾名《あだな》だろう。

そう判断《はんだん》した八尋は、戸惑《とまど》いつつも答えた。

「はい、大丈夫《だいじょうぶ》です」

『あ、本当に？　じゃあさ、連休も終わりだから、一回情報のすりあわせしない？』

「……そうですね、いいと思います」

八尋としても、一度他の人が集めた情報も聞いておきたかった。

これ以上通り魔事件が続くと、本気《ほんき》で『アブピ』の展開に影響《えいきょう》が出かねない。

『そっかそっか、じゃあ、私も紹介《しょうかい》したい人達がいるからさ、今から東急《とうきゅう》ハンズの前あたりまで来れる？　くおっちは用事があって今日《きょう》はパスだって言ってるけど、大丈夫？』

「はい、問題ありません。それじゃ、宜《よろ》しくお願いします」

電話を切った八尋は、そのままアパートの門の方へと踵《きびす》を返した。

「すいません、三郎さん、またちょっと出て来ます」

「おうおう、学生は忙《いそが》しいねぇ。ま、通り魔には気を付け……」

言いかけた所で、今度は渡草の携帯が鳴り響いた。

「おっと、悪いな。……なんだよ、あいつらか」

そんな事を言いながら携帯《けいたい》を耳にあてる渡草《とぐさ》。

話の邪魔《じゃま》をしては不味《まず》いと、八尋《やひろ》はペコリと頭を下げて出かけようとしたのだが——

「おう……分かった。じゃあ今から行くわ。……あ、ちょっと待て八尋！」

電話を切りながら、三郎《さぶろう》が八尋を呼び止めた。

「お前、池袋《いけぶくろ》の駅の方までいくのか？」

「あ、はい。60階通りまで」

「そうか！　丁度《ちょうど》良かった」

「？」

首を傾《かし》げる八尋に、三郎が車のドアを開きながら笑いかけた。

「俺《おれ》も丁度今知り合いに呼ばれてよ。そっちの方まで行くから乗ってけよ」

♂♀

夕刻《ゆうこく》　新羅《しんら》のマンション

午後6時のニュースを見ながら、セルティが新羅に疑問を呈《てい》する。

『でも、私も通《とお》り魔《ま》を探してるとはいえ、いい加減《かげん》先に警察が捕《つか》まえてもいいと思うんだ』

彼女にとっては、警察が先に捕まえてくれた方が気が楽にはなる。

遊馬崎《ゆまさき》達からの依頼は果たせないが、流石《さすが》に警察が先に捕まえてしまった事について文句《もんく》は言わないだろう。そして、それは静雄《しずお》も恐らく同じだ。

静雄が素手《すで》で留置《りゅうち》場《じょう》を襲撃《しゅうげき》して犯人を粉《こな》にする可能性は僅《わず》かにあるが、警察に対しては静雄も色々と借りや負い目があるらしいので、そこまではしないのではないかと思われる。

だとすれば、一番平和的に解決するのは、警察が通り魔を綺麗《きれい》に逮捕《たいほ》してくれる事だ。

そうした期待も込めて、新羅に尋《たず》ねたのだが――

「ああ、うん。もう少し時間が掛かるんじゃないかなあ」

『どうして？　あのパジャマを買った奴《やつ》を探せばいいだけだろ？　それこそ職質《しょくしつ》とかすれば簡単に見つかりそうなものじゃないか』

「……それがねぇ、あの着ぐるみパジャマなんだけどさ」

『着ぐるみパジャマが？』

頭に疑問符《ぎもんふ》を浮かべるセルティに、新羅は大きく息を吐いて答えた。

「池袋で今流行しちゃってるんだよね。それこそ、持ってるだけなら何百人もいると思うよ？」

『……は？』

「元からファングッズとして売れてたパジャマではあるんだけどさ、事件の噂《うわさ》がネットで広まって、発売中止になるかもしれないって、大量に売れたんだよねー。しかも、実際販売《はんばい》を一時自重《じちょう》しようって店が出て来た時に、前もって買いだめしてたのをネットで大量に転売する輩《やから》が出て来ちゃったんだよね。ハハハ」

『ななな……』

膝《ひざ》から崩《くず》れ落ちそうになるセルティに、新羅《しんら》が更《さら》に追い打ちをかける。

「その上で、今、ネットじゃ『これを着れば目立てる』なんて不謹慎《ふきんしん》な事やってる連中《れんちゅう》がいてさ、警察もいざ通《とお》り魔《ま》を見つけたと思ったら、ただ同じパジャマを着てるだけの中高生だった……なんて事も何回もあるってさ」

『そんな不謹慎な連中は逮《たい》』

逮捕《たいほ》されてしまえ、と文字を書きかけた所で、理性で手を止めるセルティ。

――いや……私が言っていい台詞《せりふ》じゃないな、うん。

自分を追ってくる白バイ警官隊の姿《すがた》を思い出し、セルティはブルリと身を震わせた。

『……しかし、暇《ひま》な連中もいるもんだな……』

「うん。『アンダーラーズ』って名乗ってるネットのお騒《さわ》がせ集団が中心になってるみたい」

『アンダーラーズ？』

どこかで聞き覚えのある名前に、セルティが訝《いぶか》しむ。

「そ。ダラーズが無くなったろ？　その現実を受け入れられなかった子達が中心になって、ダラーズに代わる匿名《とくめい》のネット集団を作り上げたみたい。独自にゲリラアートと称して道路に派《は》手《で》な落書きしたり、町中《まちじゅう》の空《あ》き地に勝手《かって》にダイコンの種《たね》をばらまいたり、好き勝手《かって》やってるよ」

『そんな連中がいるのか』

「ダラーズとアンダーを掛け合わせたんだろうねえ。アンダー・ラーズ。ラーズってどういう意味だろう？」

『計画』

「え？」

セルティの見せた文字に、新羅が首を傾《かし》げた。

『アイスランドの方の言葉で、主に、計画とかアドバイスって感じの意味だ』

「へえ、そうなんだ！　流石《さすが》セルティ！　北欧《ほくおう》の言葉にも詳しいだなんて！」

『ああ、凄《すご》く凄く古い知り合いに、ラーズから始まる渾名《あだな》の奴《やつ》がいてね……。まあ、それはどうでもいいとしてだ。問題は通り魔だ』

そっけない調子で話題を変え、セルティはまるで溜息《ためいき》を吐くような仕草《しぐさ》を見せる。

『まあ、服はともかく、ハンマーは言《い》い訳《わけ》できないだろう？』

「そりゃね。ただ、いくらでも隠《かく》しようはあるんじゃない？　棒《ぼう》の先に何か固くて重い塊《かたまり》をつけて、包帯《ほうたい》でグルグル巻きにすればいいんだから。早い話、すりこぎとそこらの石でも簡単に作れるかもね」

『……うう、思ってたよりも探すのは難しそうだな……』

「現行犯《げんこうはん》を押さえる事ができれば一発なんだけどね。なんだったら僕が囮《おとり》になるよセルティ」

あっさりと言う新羅《しんら》の額《ひたい》を、セルティは指でクイ、と押した。

『どうやって犯人を引きつけるんだ。そもそも、引きつけられたとしても、そんな危ないマネはするな』

「セルティは危ないマネするのに？　君は我《わ》が儘《まま》だなあ」

『ああ、そうだ。これは私の我が儘だ。悪いか？』

「悪いわけないさ。でも、僕だって我が儘を言い返すかもよ？」

悪戯小僧《いたずらこぞう》のような顔で笑った後、新羅はポンと手を叩《たた》く。

「そうだ！　時間はかかるけど、確実に犯人を捜す方法はあるよ！」

『本当か？』

「うん、まず僕が罪歌《さいか》で池袋《いけぶくろ》中の人達を……」

『却下《きやっか》だ』

話を最後まで聞かずに断じた後、セルティは尚《なお》も考え続ける。

すると、そんなセルティの携帯《けいたい》の着信音《ちやくしんおん》が鳴り響《ひび》いた。

『噂《うわさ》をすれば、雇《やと》い主《ぬし》からだ』

「遊馬崎《ゆまさき》君達？」

『それは依頼人だろ？　雇い主は……前に話した、琴南《ことなみ》っていう子だよ』

セルティはそう言いながら携帯のメールをチェックする。

そこには、素《そ》っ気《け》ない調子でこう書かれていた。

【今夜通《とお》り魔《ま》を捕《つか》まえます。うちのマンションの前まで来て下さい】

♂♀

夜　池袋某所《ぼうしょ》
城菱葉子《しろびしようこ》は、焦《あせ》っていた。

全てが上手《うま》くいく筈《はず》だった筈なのに。

絶好のターゲットだった筈なのに。

一体どうしてこうなったのか？

混乱する葉子の耳に、若い男の声が響《ひび》き渡《わた》る。

「ふっふっふ、まさか俺《おれ》が狙《ねら》われるとは思わなかったっすよ……やはり俺は二次元《にじげん》的な運命《うんめい》に導かれた選ばれし勇者《ゆうしゃ》だったんすね……！　交通事故にあって異世界《いせかい》に転生《てんせい》する日ももうすぐっす！」

目の前に立つのは、火を噴く消火器を持った糸目《いとめ》の青年だ。

奇《き》妙《みょう》な事を言い続けるその若者を見ながら、葉子《ようこ》はただひたすらに考え続ける。

何故《なぜ》、こんな状況に陥《おちい》ってしまったのかという事を。

♂♀

10分前

今日《きょう》の『生贄《いけにえ》』を探して池袋《いけぶくろ》の街を歩く葉子の目に映ったのは、彼女が現在の時点で最も憎《にく》むべきものだった。

『アウル・オブ・ザ・ピーピングデッド』

全ての発端《ほったん》である邪悪《じゃあく》の波動《はどう》を、今日も街は湛《たた》え続けている。

通《とお》り魔《ま》事件の勃発《ぼっぱつ》から幾分《いくぶん》減ってはいるものの、実写《じっしゃ》映画のリバイバル上映なども行われており、街にはポスターが飾られたりしていた。

――これだけの事が起こっているのに、何故みんな笑っていられる。

世界が理《り》不《ふ》尽《じん》だと感じつつ、その間違いを正さねばと葉子は決意《けつい》を新たにした。

そして、彼女は周囲を睨《ね》め付けながら街を歩く。

新しい『生贄』を見定める為《ため》に。

連休最終日の夜、翌日からの出勤《しゅっきん》などに備えてか、昨日《きのう》までよりは街の人通りも減っている。

今までは特定の区別などなく、襲《おそ》いやすい人間から襲ってきた。

だが、それが間違いだったのではないだろうか？

何か、確固たる目的を持って行動を起こすべきではないだろうか。

そう考えた彼女は、確信を持って呟《つぶや》く。

「ああ、そうよ……そうだわ……だから、あんな偽善者《ぎぜんしゃ》に先を越されるのよ」

彼女はもう一方の通り魔の事を『偽善者』と呼びつつ、目に憎《にく》しみの色を募《つの》らせた。

そんな目が、街のとある特異点《とくいてん》に向けられる。

駐車場《ちゅうしゃじょう》に停められた一台のバン。

その車体のドアの一つに、何かの漫画《まんが》の絵が描いてあった。

――ああ、気持ち悪い。車に漫画の絵を描くなんて。

アブピ憎しの心から、もはやアニメ全般《ぜんぱん》を嫌《きら》ってしまっている彼女は、忌々《いまいま》しげな目でそのバンの周りにいる集団を睨《にら》み付ける。

すると、そのうちの一人、目の細い青年が『アブピ』の団扇《うちわ》を持って何やら興奮《こうふん》して話している。

——ああ、こんな所にもクズがいる！

彼女が近づくと、その青年が何かを主張しているのが聞こえて来た。

「とにかく！　アブピはなんも悪くないって事を訴えていかないといけないんすよ！　通り魔《とおりま》は絶対にアブピが嫌《きら》いなアンチっすよ！　アブピを貶《おとし》めようとしてるだけっす！」

グワ、と、葉子《ようこ》はみぞおちの辺りを掴《つか》まれるような感覚に陥《おちい》った。

実際、男の指摘《してき》は的《まと》を射《い》ており、自分の正体がバレたかのような錯覚《さっかく》を覚えたのである。

続いて頭がクラクラした。

この状況で、まだ『アブピは悪くない』などという妄想《もうそう》に囚《とら》われている男がいるという事が、彼女には信じられない。

——こんな馬鹿《ばか》が池袋《いけぶくろ》にいるなんて。

アブピが悪いか悪くないかなどは、葉子の中ではとうに最終審判《しんぱん》が下っていた。

コレほどの害悪があろうか。

アウル・オブ・ザ・ピーピングデッド。

そんなものが存在するから、自分はこうして通り魔に身をやつすハメになったのではないか。

——私を通り魔にした存在が邪悪《じゃあく》じゃなければ、何だっていうのよ！

もはや、彼女の中に論理的《ろんりてき》な思考《しこう》は存在していないのかもしれない。

だが、彼女の脳味噌《のうみそ》は、一つの目的を遂行《すいこう》するシステムとしての役目《やくめ》を果たす。

彼女は選んだのだ。

今宵《こよい》の生贄《いけにえ》となる、通り魔の被害者《ひがいしゃ》を。

そして、彼女は更《さら》に論理を自己完結させていく。

これは制裁《せいさい》ではない、救済だ。

邪悪なものにしか向けられないその目を、自らの一撃《いちげき》で醒《さ》まさせる。

愚《おろ》かな邪悪の信奉者《しんぽうしゃ》達は知る事になるだろう。

自分達と同じ道に堕《お》ちたものが、如何《いか》に悲惨《ひさん》な末路《まつろ》を迎えるかを。

そうすれば、みんなが救われる、救われるのだ。

と、少なくとも彼女はそう信じていた。

もはや数秒前の思考とも矛盾《むじゅん》が生まれつつある彼女だったが、目的から逸脱《いつだつ》する事はない。

彼女はその糸目《いとめ》の男に狙《ねら》いを定める。

遠くからじっと隙《すき》を窺《うかが》っていると――丁度《ちょうど》別れ際だったらしく、数分待っただけで男は皆と別れて繁華街《はんかがい》の外へと向かって歩き始めた。

――ああ、やっぱり、状況は私の都合《つごう》の良いように動いてる。

――これこそ、私が正しい事をしているという証拠《しょうこ》だわ。

――やっぱり、生贄は選別するべきだったのね！

そんな『世界が自分の味方《みかた》』という妄想だけ、もう一人の通り魔と思考をシンクロさせながら——彼女は男の動向を見張り、ジッと機会《きかい》を待ち続けた。

そして、他に人気《ひとけ》が無くなった所を見計《みはか》らって、準備に取り掛かった。

男の携帯《けいたい》電話に着信《ちゃくしん》があったようで、彼は懐《ふところ》から電話を取り出し、誰《だれ》かと通話を始める。

葉子《ようこ》はそれを好機《こうき》と見た。

彼女は上に羽織《はお》っていた服を脱ぐと、その下から一瞬《いっしゅん》で別種の布地《ぬのじ》が翻《ひるがえ》る。

僅《わず》か数秒で、下に仕込んでいた『ダークアウル』の衣装《いしょう》を纏《まと》い、男の背後に歩みよる。

最初はゆっくりと。

そして、徐々《じょじょ》に足早に。

音を立てないように息を殺しながら、胸元《むなもと》に隠《かく》し持っていた『包帯《ほうたい》ハンマー』を取り出し、
勢い良く振りかぶった。

だが、その次の瞬間《しゅんかん》——


「——危ない！」


遠くから聞こえて来たそんな叫びが、糸目《いとめ》の男の意識《いしき》を背後に向ける。

「はい？」

携帯を持ったまま、のほほんとした調子で振り返った男と――ハンマーを振り上げた葉子の眼《め》がバッチリと合った。

「……」

「……」

「死ねぇッ！」

一瞬《いっしゅんま》真っ白《しろ》になった後、ヤケになった葉子が思いきりハンマーを振り下ろす。

「おわぁ!?」

糸目の男は間一髪《かんいっぱつ》で避けるが、そのまま路上《ろじょう》に尻餅《しりもち》をついてしまった。

――いける！

背後をちらりと見ると、こちらに向かって走ってくる人影《ひとかげ》が二つあるが、まだここに来るまでには時間がある。この男を殴《なぐ》って逃げるには十分な距離《きょり》だろう。

いや、もはや逃げられなくても構わない。

邪悪《じゃあく》な梟《ふくろう》を崇《あが》めるこのクズだけは、なんとしても生贄《いけにえ》としなければ。

仮に捕《つか》まっても、警察や裁判所《さいばんしょ》、そして世間《せけん》は分かってくれる筈《はず》だ。

自分は邪悪な梟のせいでこんな事をしてしまったのだと。

だからこそ、規制《きせい》を進めようという方向になるに違いない。

その為《ため》には、最後の生贄をなんとしても捧《ささ》げなければならない。

池袋《いけぶくろ》の健《すこ》やかな未来に、捧《ささ》げなければならない。

彼女は本気《ほんき》でそう信じていたからこそ、尻餅《しりもち》をついた男に対して迷いなくハンマーを振り下ろした。

もはや死なない程度になどと考える余裕《よゆう》も意味もなく、ただ、確実に男を動けなくしようという想《おも》いを乗せた一撃《いちげき》を。


ところが――

ガン！　と派手《はで》な音がして、ハンマーが何かに弾《はじ》かれた。

「!?」

葉子《ようこ》が驚きながら相手を見ると、糸目《いとめ》の男は自らの背負っていたリュックを一瞬《いっしゅん》の隙《すき》に外しておりそれを盾《たて》としてハンマーの一撃を受け止めたのだ。

だが、それにしても今の手応《てごた》えはおかしいと、葉子は焦燥《しょうそう》と共に訝《いぶか》しむ。

何か、鉄の塊《かたまり》のようなものがリュックの中に入っているとしか思えなかった。

そして次の瞬間《しゅんかん》、彼女の疑問は氷解《ひょうかい》し、同時に、更《さら》なる疑問が湧《わ》き上がる。

「通《とお》り魔《ま》……」

ぼそりと呟《つぶや》きながら、糸目の男がリュックの中から何かを取りだした。

――……。

──消火……器……？

あまりにも場違いな物体が出て来た事に、彼女は困惑《こんわく》する。

そして、次の瞬間──その消火器が、火を噴《ふ》いた。

♂♀

消火器が火を噴く数分前。

『危ない』と声を上げた少年は、渡草《とぐさ》のバンの後部座席に座っていた。

「しかし……まさかお前とあいつらが顔見知りだったなんてよ」

渡草三郎《さぶろう》は運転席で深い溜息《ためいき》を吐き、後部座席にいる八尋《やひろ》に話しかける。

待ち合わせ場所に行って八尋を下ろそうとしたら、自分よりも先に彼の方が狩沢《かりさわ》達に挨拶《あいさつ》をした事で、渡草はようやく彼らが既《すで》に知り合い同士《どうし》である事を知った。

──「ええッ!?　なんでとぐっちのバンから八尋君が降りてくるの!?　マジック!?」

──「魔術《まじゅつ》……いや、認識操作系《にんしきそうさけい》の超能力の類《たぐい》かもしれないっすよ……！」

──「あれ？　三郎さんとお知り合いなんですか？」

──「知り合いも何も、今日紹介《きょうしょうかい》しようと思ってたんだよー？」

――「そうなんですか、実は、俺《おれ》、渡草《とぐさ》さんのアパートにお世話《せわ》になってて……」

――「いやいやいや！　待て！　お前ら待て！　何がどうなってる⁉」


そんな喧噪《けんそう》を経て、お互いの事を説明して渡草は取りあえず納得《なっとく》した。

軽いお互いの紹介《しょうかい》を済ませた後、狩沢《かりさわ》達は運転手の渡草を追い出し、『秘密《ひみつ》の話がある』とバンの中を会議室代わりにして談笑《だんしょう》を始めてしまった。

渡草は呆《あき》れつつも、『いつもの事だ』と諦《あきら》め、暫《しばら》くもう一人の仲間と共に外で時間を潰《つぶ》したのである。


――まあ、あれだな。遊馬崎《ゆまさき》達と連《つる》むって事は、オタク関係だろ。

――言われてみりゃ、漫画《まんが》とか好きそうな面《つら》してるからな。同人誌《どうじんし》かコスプレやっててもおかしかねぇか。

――ああ、しかし、よりによって狩沢と遊馬崎に目を付けられるたぁなあ。

二人の危険な側面も知っているだけに、渡草としては複雑な気分だった。

さりとて、趣味《しゅみ》の範囲なら二人は大人《おとな》しく、またその道の熟練者《じゅくれんしゃ》である事も確かである。

――まさか、付き合うなとも言えねえしなあ。

――でも、万《まん》が一《いち》なんかあったら、兄貴《あにき》達にもなんて言やいいんだ……。

そんな事を考えつつ数十分後に戻ると、用事が済んだのか、彼らは既《すで》にバンから出ていた。

狩沢は東急《とうきゅう》ハンズに寄ってから帰るとの事で、遊馬崎は歩いて帰路《きろ》へとついた。

――まあ、同人誌とか作ってるって家族にも秘密にしてる奴《やつ》は多いらしいからな。

――あんまり深くは聞かないどいてやるか。

駐車場《ちゅうしゃじょう》から車を出しながら、三郎《さぶろう》が後部座席の八尋《やひろ》に声をかける。

「遊馬崎達とどういう繋《つな》がりか知らねえし、詮索《せんさく》もしねえけどよ……。まあ、友達は選べよ？」

「はい、遊馬崎さん達は大丈夫《だいじょうぶ》だって、さっき確信しました。俺は人を見る目が無いですけど、三郎さんと友達だって知って、安心しました」

「う、それはよ……」

三郎が返答しあぐねていると、助手席《じょしゅせき》にいた男が笑いながら言った。

「はッ……こいつは一本取られたな、渡草」

「いやー、そうは言うけどよ……」

バンダナを巻いたその男は、既《すで》に遊馬崎達に紹介されている。

だが、その後すぐに狩沢達が八尋を連れ出してしまったせいで、まだろくに話もできていなかった。

どう接して良いのか解《わか》らない八尋の意を汲《く》んだのか、門田《かどた》が後ろを向きながら口を開く。

「改めて自己紹介しとくぜ。門田だ。こいつとは何年も前からの腐《くさ》れ縁《えん》でな。お前んところのアパートにもたまに行った事があるぜ」

「あ、はい。三頭池八尋《みずちやひろ》です。宜《よろ》しくお願いします」

「三頭池か、変わった名前だな。どこの出身だ」

「秋田《あきた》です」

「ほー、そりゃ遠い所から良く来たもんだ」

すると、運転席の三郎《さぶろう》が笑いながら門田《かどた》に言った。

「聞いてくれよ、こいつさ、池袋《いけぶくろ》に来て早々、静雄《しずお》にぶん殴《なぐ》られたんだぜ？」

「ああ？　マジか？」

「はい」

素直に頷《うなず》く八尋に、門田が目を丸くした。

「なんでまた、あいつを怒らせたんだ？」

「いえ……俺《おれ》が悪いんです。俺のクラスの友達が、たまたまあの人を怒らせちゃって……。あの人を止めようとして、そのまま喧嘩《けんか》になっちゃったんです」

「なるほど、そんな理由か」

八尋が『喧嘩』と表現した事が少し気になったが、門田はとりあえず池袋に住む先人としての言葉を口にした。

「まあ、あいつはキレ易《やす》い奴《やつ》だが、話が通じない奴じゃねえ。ちゃんと謝りゃ許してくれるさ」

「はい、三郎さんにもそう言われました。今度会ったらちゃんと謝ろうと思います」

「ああ、それが何よりだ」

するると、三郎が呆《あき》れたように笑いながら話を続ける。

「つーかよ、静雄に殴られてそのまま立って歩いて帰ってきて、次の日から普通に学校行ってたんだからよ、大したもんだろ、こいつさぁ？」

「そりゃ……確かに大したもんだな」

不思議《ふしぎ》そうに顔を覗《のぞ》いてくる門田に、八尋が素《す》の感想を口にした。

「いえ、たまたまです。当たり所が良かったっていうか……」

八尋としては、正直な感想を述べただけなのだが、門田は目の前の大人《おとな》しそうな少年と頑丈《がんじょう》な身体《からだ》のイメージが繋《つな》がらなかったのか、首を傾《かし》げつつ呟《つぶや》く。

「つったってなぁ……まあ、静雄も最近丸くなったとは言うが……」

門田は、そのまま八尋と世間話《せけんばなし》を続けようとしたが――

こちらと会話しながらもキョロキョロと車の外に目を向ける八尋を見て、問いかける。

「どうした？　何か、忘れもんか？」

「いえ……」

八尋は少し黙《だま》った後、更《さら》に周囲を見渡し、言った。

「あの……遊馬崎《ゆまさき》さんの家って、どっちの方ですか？」

「あん？　あいつは、こっから北の方にある住宅街の真ん中《まなか》あたりだけどよ……どうした？」

「そこ、人通りとかって多い所ですか？」

「住宅街だからな、この時間じゃ……どうかな」

時計の針は既《すで》に10時を回っている。

繁華街《はんかがい》から離れれば、人通りが無いと言えば無い時間帯だ。

「ちょっと、車から降ろして貰《もら》っていいですか？　あと、遊馬崎《ゆまさき》さんの家までの道を教えて下さい」

「？　おい、どうしたんだよ。明日《あした》から学校だろ？　夜更《よふ》かしは止めとけよ」

三郎《さぶろう》は下宿人《げしゅくにん》の学校生活を気遣《きづか》った一言《ひとこと》を口にするが、八尋《やひろ》は少し焦燥《しょうそう》を交えた声で言葉を返した。

「俺《おれ》の勘違《かんちが》いならいいんですけど……」

時間が無いとばかりに、八尋は叫んだ。

「遊馬崎さんか狩沢《かりさわ》さん、誰《だれ》かに狙《ねら》われてるかもしれません」

「は？」

戸惑《とまど》う三郎に、八尋はバッグから黒い何かを取り出しつつ、真剣な表情で頭を下げる。

「お願いします、理由は後で話しますから、降ろして下さい。あと、できれば遊馬崎さんに周りに気を付けてくれって電話を……。俺、考えて見たら狩沢さんとしか交換してなかったんで」

「いや、ってもよ……」

尚《なお》も困惑《こんわく》した表情の渡草《とぐさ》の横で、八尋の真剣な眼差《まなざ》しを見た門田《かどた》が言った。

「おい、そこの端《はし》にとめてやれ」

「おいおい、マジで？」

「あいつの家は俺が知ってる。ここからなら、車で引き返すより走った方が早い」

門田は自らもシートベルトを外しながら、八尋に向かって言い放つ。

「俺が案内してやる。ついてこい」

♂♀

そして、時間は現在に戻る。

服の一部が焦《こ》げるのを感じながら、慌《あわ》てて服を払う葉子《ようこ》。

彼女はハンマーを握り締《し》めながら、顔をすっぽりと覆《おお》うフードの下で冷《ひ》や汗《あせ》を掻《か》いていた。

――何よ。

――なんなのよ、コレは！

一方で、遊馬崎《ゆまさき》も手に汗《あせ》を握っていた。

まさか、本当に自分が通り魔《とおま》のターゲットになるとは思っていなかったからだ。

この消火器を改造した手製の火炎放射器《かえんほうしやき》を持ち歩くようになったのは、門田《かどた》が車に轢《ひ》き逃げされ、その犯人を捜していた時以来である。

彼はここ数日、通り魔が自分をターゲットにした時の事を妄想《もうそう》し、一人で街にいる時は常に撃退《げきたい》するプランを考えながら歩いていた。

それは、学生時代に『今この教室にテロリストが攻めてきたら、どのようにして格好《かっこ》良く撃退するか』という妄想と同じ類《たぐい》のものだったのだが——

当時テロリストはついぞ現れなかったものの、今はこうして妄想が現実と化してしまった。

普通の人間ならば、実際にテロリストや通り魔が目の前に現れれば、妄想通りに動く事などできず、恐怖《きょうふ》を前に固まってしまう事だろう。

しかし、遊馬崎は少しばかり、普通ではなかった。

ただ、それだけの事である。

片や、手にハンマーを持った噂《うわさ》の通り魔。

片や、手に消火器型の火炎放射器を持って怪《あや》しげな事を呟《つぶや》き続ける青年。

確実に両方とも連行される状況だが、遊馬崎には関係ない事だった。

ここで通り魔の凶行《きょうこう》を止められるならば、自分は過剰防衛《かじょうぼうえい》その他の罪で逮捕《たいほ》されても構わないとさえ考えていた。その時に『自分はアプピのファンではないし、漫画《まんが》よりもニュース番組の衝撃映像《しょうげきえいぞう》などを見る方が好きです』と供述《きょうじゅつ》する事を忘れないようにしようと思いながら、遊馬崎はレバーを軽く握りこんだ。

噴出《ふんしゅつ》する炎《ほのお》。

手足をばたつかせて後退《こうたい》する通り魔に、遊馬崎は言い放つ。

「さあ、大人《おとな》しくするっすよ！　お縄《なわ》を頂戴《ちょうだい》するっす！」

「何よ……何よそれ！　卑怯《ひきょう》じゃないのよ！」

女性の声が漏《も》れてきた事に遊馬崎は一瞬《いっしゅん》驚いたが、構わずに消火器のノズルを向けながら言った。

「卑怯とは失敬《しっけい》な！　ケンカスキルに火炎放射器を使ってはいけないと誰《だれ》が決めたんすか！」

力強く叫ぶ遊馬崎に、通り魔はヒステリーを起こして叫ぶ。

「何言ってるかわかんないわよ！　このキチガイ！」

「通り魔に言われたくないっすね！　大人しく捕《つか》まって、あんたに貶《おとし》められたゾンビと同じような外見になってその気分を味わうがいいっすよ！」

「何する気よ！　このキチガイ！」

「質問は後でこっちがゆっくりするっすよ！」

そんなやりとりをしている間に、遊馬崎の目に、こちらに走ってくる人影《ひとかげ》が見えた。

暗くて顔はハッキリと見えない距離《きょり》だが、服装《ふくそう》からして八尋《やひろ》と門田《かどた》だろう。

門田よりも早くこちらに迫る八尋に、遊馬崎《ゆまさき》が叫んだ。

「やひ……君は危ないから下がってるっす！」

危うく通《とお》り魔《ま》の前で八尋の名前を呼びかけた遊馬崎だったが、すんでの所で無理矢理《むりやり》言葉を言い換える。

八尋の実力を聞いてはいたが、流石《さすが》に高校生に対して『一緒《いっしょ》に通り魔と戦え』と言うわけにもいかないし、なによりこの状況なら自分一人でもなんとかなる。

そう考えた遊馬崎は、とりあえず武器《ぶき》を捨てさせて門田に拘束《こうそく》して貰《もら》おうと考えていたのだが――

こちらに走ってくる少年から吐き出された言葉は、遊馬崎の予想外のものだった。

「危ない！　後ろ！　後ろです！」

「え？」

少年の声に尋常《じんじょう》ならざる逼迫感《ひっぱくかん》を覚え、遊馬崎は消火器のノズルを通り魔に向けたまま、慌《あわ》てて背後に振り返る。

すると、そこには『ダークアウル』の着ぐるみパジャマを纏《まと》った人影《ひとかげ》が立っており――

遊馬崎に一撃《いちげき》を加えるべく、包帯《ほうたい》ハンマーを高々と振り上げていた。

♂♀

同時刻《じこく》　池袋某所《いけぶくろぼうしょ》

味村翔弥《あじむらしようや》は、ゆっくりと『ターゲット』の後を尾《つ》けていた。

人気《ひとけ》の無い道路を無警戒《むけいかい》で歩いて行く、不良少年《ふりょう》だ。

——通り魔が捕《つか》まってないのにこんな夜道を一人歩きとはなあ。

——やっぱり、不良ってのは頭が悪いんだな。

鼻で笑いながら、ゆっくりと近づく味村。

彼がその少年をターゲットに選んだのには、明確な理由がある。

街中《まちなか》でぶつかった時に、味村に対して『ってーな、臭《くせ》ぇ汗《あせ》つけんなよボケ』と悪態《あくたい》をついてきたからだ。

明らかに向こうからぶつかってきたのにも関わらず、理不尽《りふじん》な文句《もんく》をつけ、上から目線で睨《にら》み付けてきた不良少年。

干支《えと》一回りは年下ではないかという少年に苛立《いらだ》ちを覚えると同時に、味村は感謝《かんしゃ》した。

これは、神からの捧《ささ》げ物ではないのか？

あるいは、街が自分に捧げた生贄《いけにえ》ではないだろうか？

まさかここまでおあつらえ向きに、なんの良心の呵責《かしゃく》も抱かずに制裁《せいさい》を加えられる存在が現れようとは。

本来ならばもっと有名そうな不良《ふりょう》を狙《ねら》いたい所だが、今は無理《むり》はしない方がいい。

何しろ、平和島静雄《へいわじましずお》の仲間の襲撃《しゅうげき》にしくじったばかりなのだから。

慎重《しんちょう》に、ただひたすら慎重に尾行《びこう》を続けた結果、『ファン活動』である通《とお》り魔《ま》行為を行い易《やす》そうな場所に周囲の景色《けしき》が移り変わる。

繁華街《はんかがい》からは離れている。近くの公園で一人で屯《たむろ》し始めた少年を見て、味村《あじむら》はゆっくりと街の陰に身を潜《ひそ》めた。

開かれたアパートの塀《へい》。細い路地裏《ろじうら》。乱雑に置かれた資材の陰。

駅前の繁華街では誰《だれ》にも見られずに着替える事など不可能に近いが、人気《ひとけ》の無い住宅街ならば、話はまったく変わってくる。

味村は予《あらかじ》め着ぐるみパジャマを着込んでいた。

ただし、フードは脱いで羽織《はお》ったジャンパーの中に隠《かく》し、黒いズボンだけが露出《ろしゅつ》している形となる。

下半身《かはんしん》は完全に真《ま》っ黒《くろ》な布地《ぬのじ》なので、通常の黒いトレーニングパンツやジャージと区別が付きにくい。夜道ならばパッと見分ける事は不可能だろう。

味村はジャンパーを脱ぐ事で一瞬《いっしゅん》で着替え終えると、そのジャンパーを逆に着ぐるみパジャマの中に隠し、腹が膨《ふく》れているように見せかけた。

そのままフードを被《かぶ》る事により、暗がりに入って僅《わず》か数秒で『ダークアウル』と化した味村。

周囲に人気が無い事を確認《かくにん》した後に、気付かれぬように不良少年の背後に迫る。

いつも通りだ。

何も躊躇《ためら》う事はない。

平和島静雄の仲間を殴《なぐ》り損ねた分、ここでそのツケを取り戻さなければならない。

味村はそんな身勝手《みがって》な事を考えながら、ハンマーを強く握り締《し》めた。

――これだ。この感覚だ。

――全身を締め付ける高揚《こうよう》。俺《おれ》が俺じゃないみたいだ。

――いや、違う、これが本当の俺なんだ。

――ダークアウルだ。俺こそが、本物のダークアウルなんだ。

一歩一歩、音を殺しながら近づいていく。

――そうだ、俺には仲間もいる。

不良少年の傍《そば》に立つダークアウルの姿《すがた》を見て、味村は大きく頷《うなず》いた。

――助けてくれる仲間……が……。

ダークアウルが、こちらをじっと見つめている。

――が？　……がががが？　？　？？？？？？　？？　？

自分では無いダークアウルが、目の前に立っていた。

混乱する味村。

――だ、だだ、だれ、だ。

――本物！　もしかして、本物、の、通り魔《とおりま》!?

――それとも、きょ、協力者、か？　俺《おれ》の？　どっち、ど、どっちちち？

心の中でもろれつが回らなくなってる味村《あじむら》は、全身からブワリと汗《あせ》を滲《にじ》ませ、着ぐるみ全体を湿《しめ》っぽくさせた。

彼が精神的な衝撃《しょうげき》で動けずにいる間に、その『もう一人のダークアウル』は、ハンマーを高々と振り上げ――

不良《ふりょう》少年に向かって、勢い良く振り下ろした。

一瞬《いっしゅん》の間を置き、不良少年が公園の中に力無く崩《くず》れ落ちる。

そして味村は確信した。

目の前にいるのも、志《こころざし》を同じくする正義の使者《ししゃ》だと。

やはり、世界が自分の為《ため》に生まれ変わりつつあるのだと。

♂♀

池袋《いけぶくろ》駅　東口前

「大丈夫《だいじょうぶ》っすか、法螺田《ほうらだ》さん。来週まで入院って言ってませんでしたっけ？」

「うるせぇな、俺の回復力《かいふくりょく》舐めんじゃねぇよ」

法螺田は身体《からだ》中に包帯《ほうたい》を巻きながら、ギクシャクした動きで街を歩き続けた。

周囲を歩く後輩《こうはい》達が、顔を見合わせながら不安げな目を交わし合う。

彼は本来なら歩き回るような状態ではないのだが、あのまま病院にいたら泉井《いずみい》がまた来そうな気がして、半分医者を脅《おど》す形で無理矢理《むりやり》退院していた。

今思うと警察から怪《あや》しまれる気もしたが、それでも泉井がいつ寝込みにハンマーを叩《たた》きつけてくるか分からない生活よりはマシであろう。

そう考えた法螺田は、自らの脚《あし》でも通り魔を探すべく、池袋の街を後輩を引き連れて練り歩き続けた。

「でも法螺田《ほらだ》さん、こんな駅前には流石《さすが》に通り魔《とおま》いないんじゃないっすか？」

「そんなん分かるかよ。切り裂き魔《きさま》の時だって駅のすぐ傍《そば》でやられた奴《やつ》もいんだぞ？」

「そりゃそうっすけどそもそも、通り魔事件は池袋《いけぶくろ》の周りが多いっすけど、新宿《しんじゅく》とか世田谷《せたがや》でも事件起こしてるのに、こんなとこ練り歩いてても見つからないと思うんすけどねぇ」

半日も散策に付き合わされた後輩《こうはい》達が、遠回しに愚痴《ぐち》を言い始める。

──くッ……こいつら……。

──どうにも、こないだ静雄《しずお》にボコボコにされてから軽く見られてる気がするぜ……。

静雄に半殺しにされた時の恐怖《きょうふ》が蘇《よみがえ》り、通り魔にやられた傷までうずきだした。

後輩達は、そんな法螺田の自業自得《じごうじとく》な苦労を知らずに、訝《いぶか》しげな視線を法螺田に向ける。

「そもそも通り魔が五人以上いたとかマジなんすか？」

「んだ手前《てめえ》？　俺《おれ》がフカシぶっこいてるとでも言いてぇのか⁉　お？」

後輩に凄《すご》みを利かせるが、身体《からだ》中の怪我《けが》のせいでヨボヨボとした動きになっている為《ため》、今一つ迫力が出ない。

「だって、流石にそんな大人数じゃ目立ち過ぎでしょ。物陰で着替えたりするにしたって、せいぜい一人か二人じゃねえと……」

そう言いかけた後輩は突然《とつぜん》言葉を止め、呆《ほう》けた表情で街の群衆《ぐんしゅう》を見つめ始めた。

「？　おい、どした？」

眉《まゆ》を顰《ひそ》めながら後輩に問いかけ、自らも後輩が見つめている方に視線を向ける。

すると、そこには『黒』があった。

夜の駅前。

街の灯《あか》りに照らされる中、黒い人影《ひとかげ》が道の真《ま》ん中《なか》に佇《たたず》んでいる。

それを見た瞬間《しゅんかん》、法螺田の顔がサァ、と青ざめた。

「なッ……あッ……かッ……」

ダークアウル。

自分をハンマーで殴《なぐ》り倒した通り魔が、目の前に立っている。

夜とはいえ、終電《しゅうでん》前の池袋駅前の人通りはそれなりに多かった。

人々は皆訝しげな目でチラチラとそのダークアウルを見ているが、『こんな駅前で堂々《どうどう》としている筈《はず》がない』という思いから、悪戯《いたずら》か『アブピ』の宣伝《せんでん》活動であろうと判断《はんだん》して通り過ぎていく。

そして、人々がそれを悪戯か宣伝だと思う理由は、もう一つあった。

「で、でででで、出やがったな！　お、オイ、手前ら、俺を守れ！」

『やっちまえ！』ではなく『俺を守れ』という辺りに、今の法螺田のネガティブさが表れているのだが――

「で、でも法螺田さん、あれ……あれ！」

別の後輩《こうはい》が指差す先に目を向けると――

「は、はぁッ⁉」

そこにも、ダークアウルが立っていた。

「あ、あそこにもいますよ！」

更《さら》にもう一人。

「あ、あれ！」

更に一人。

駅前から見ただけで、軽く五人以上の『ダークアウル』が散在している。

――どッ……どど、どうなってんだこりゃ⁉

頭が混乱している法螺田《ほらだ》に、後輩が言った。

「ほ、本当にたくさんいたんすね……！　さーせん！　さーせんっした法螺田さん！」

「お？　お、おう。分かりゃいいんだよ、分かりゃぁよぉ」

嘘《うそ》からでた実《まこと》とは言うが、こんな真実ならいらなかった。

そう思いつつ、法螺田は自分が何か洒落《しゃれ》にならない事態《じたい》に巻き込まれているのではないかと猛烈《もうれつ》な不安に襲《おそ》われる。

「で、どうするんすか法螺田さん！」

「ど、どうするもこうするもよ……」

数拍《すうはく》おいて、改めて駅前の通りを見回し――

更《さら》に数体の『ダークアウル』の存在に気付き、迷う事無く踵《きびす》を返した。

「逃げろッ！」

「ちょッ！　ま、待って下さいよ法螺田さん！」

真《ま》っ先《さき》に駅の中へと逃げ込んだ法螺田だったが、怪我人《けがにん》でろくに走れない彼を後輩達が次々と追い抜いていく。

「ま、待て、お前ら！　ちょッ……俺《おれ》を置いてくなコラぁッ！」

♂♀

姫香《ひめか》の自室

「なに、これ……」

明日《あした》の登校準備を済ませた後、ネットで通《とお》り魔《ま》の情報《じょうほう》を漁《あさ》っていた姫香は、『ツイッティア』と呼ばれるSNSで、奇妙《きみょう》な情報が飛び交っているのを発見した。

池袋《いけぶくろ》の街に現在、大量の『ダークアウル』が湧《わ》いているというのである。

確かに、いくつもの携帯写真《けいたい》がネットにアップロードされており、夜の街に何人もの『ダークアウル』が闊歩《かつぽ》している姿《すがた》が見受けられた。

特に暴《あば》れたりしているわけではないようだが、悪戯《いたずら》としても悪質だと、ネット上で喧々諤々《けんけんがくがく》の騒《さわ》ぎとなっている。

「……」

姫香《ひめか》はとりあえず八尋《やひろ》に電話しようと、携帯《けいたい》電話を取り出した。

そして、着信履歴《ちやくしんりれき》から八尋を選んで通話ボタンを押したのだが——

【ただいま、電波《でんぱ》の届かないところにいるか、電源《でんげん》が入って——】

「……」

姫香は何か嫌《いや》な予感がして、窓の外に目を向ける。

建物の隙間《すきま》から見えるサンシャインビルの灯《あか》りを見つめながら、姫香は友人の事を心配し、拳《こぶし》を軽く握りしめた。

「八尋君……なにもないといいけど」

♂♀

上池袋《かみいけぶくろ》　路上《ろじょう》

丁度《ちょうど》その時、八尋の携帯は通話できない状態になっていた。

激しい衝撃《しょうげき》を受けて、機能《きのう》が停止してしまったのである。

もともとスマートフォンであり、派手《はで》な衝撃に強いタイプの機種《きしゅ》ではなかった為《ため》、再び動くかどうかは分からない。ただ、久音《くおん》に詳しい事を聞いてオンラインストレージにデータのバックアップは取ってあるので、修理《しゅうり》さえすればすぐにアドレスなどのデータは戻るだろう。

修理代は高く付くだろうが、少なくとも八尋には、そんな事を気にしている余裕《よゆう》はなかった。

目の前に、危険な気配《けはい》を放つ『二人目の通《とお》り魔《ま》』が立っていたのだから。


八尋の携帯を代償《だいしょう》として、遊馬崎《ゆまさき》は間一髪《かんいっぱつ》で通り魔の一撃《いちげき》を避ける事ができた。

数秒前、まさに彼の頭目《あたまめ》がけてハンマーが振り下ろされそうになった瞬間《しゅんかん》——

物凄《ものすご》い勢いで投げ放たれた八尋の携帯が、通り魔の持つハンマーに直撃《ちょくげき》したのである。

走っても間に合わない。そう考えた八尋は、手持ちのもので一番投げやすいもの——つまりは、自分の携帯電話《けいたい》を思い切り投げ放ったのだ。

ボールですらない、ただの携帯電話を正確に投げつける事ができたのは、果たして運か、あるいは八尋《やひろ》の生来《せいらい》のセンスだろうか。

ともあれ、結果として携帯電話は命中《めいちゅう》し、激しい衝突音《しょうとつおん》と共に、振り下ろされかけたハンマーが跳ね上がった。

「……」

二人目の通り魔《とおま》は、やや驚いたように八尋の方を見つめ——そして、訝《いぶか》しげに首を傾《かし》げる。

一方、通り魔達から距離《きょり》を空《あ》けて消火器を構えていた遊馬崎《ゆまさき》も、こちらに向かってくる八尋の顔を見て——薄い目を精一杯《せいいっぱい》に開いて叫んだ。

「……変身してるーッ⁉」

彼の言葉の通り、今の八尋は、八尋であって八尋ではなかった。

通り魔に顔を見られたくはない。

あるいは、通り魔に対して物凄《ものすご》い暴力《ぼうりょく》を振るう事になるかもしれない自分の顔を、周囲に見せたくない。

そんな臆病《おくびょう》な思いと、麗貝《リーベイ》と話した時の『謎《なぞ》の怪人《かいじん》が通り魔を倒せば、抗争《こうそう》とかの疑いはとりあえず掛からないだろう』という安直《あんちょく》な思いつきから、彼はここに走ってくるまでの間に、鞄《かばん》の中に常に持ち歩いているものを身につけていた。

重さが殆《ほとん》ど感じられない、不思議《ふしぎ》な黒い布地《ぬのじ》。

セルティ・ストゥルルソンから貰《もら》った、黒いマスクと上羽織《じょうばおり》だ。

黒いズボンと合わせて、ほぼ全身が黒ずくめとなっている八尋。

影男《かげおとこ》、という言い方が一番しっくりとくるだろう。

首無《くびな》しライダーの闇色《やみいろ》のライダースーツに対抗《たいこう》するかのように、ドライアイスの煙のように蠢《うごめ》く影が、そのまま八尋の身体《からだ》を包み込んでいた。

通り魔よりも、遥かに異質《いしつ》な存在。

『スネイクハンズ』と呼ばれる新進気鋭《しんしんきえい》の『都市伝説《としでんせつ》』は、伝説ではなく、通り魔達と相対《あいたい》する現実として——今この瞬間《しゅんかん》、池袋《いけぶくろ》の街中《まちなか》に顕現《けんげん》した。

もっとも、彼が憶病《おくびょう》さゆえに影のマスクを被《かぶ》った結果として、とても奇妙《きみょう》な光景《こうけい》が住宅街に生まれる事となったのだが。

二人の『ダークアウル』。

そして火を噴《ふ》く消火器を持つ一般人《いっぱんじん》。

怪人《かいじん》『スネイクハンズ』

遅れて現場に追いついた門田《かどた》が、眉《まゆ》を顰《ひそ》めながら、この場の光景に相応《ふさわ》しい一言《ひとこと》を口にした。


「……なんだこりゃ？」

滑稽《こっけい》とも言える現場の見た目とは裏腹《うらはら》に――
八尋《やひろ》の全身には、警報《けいほう》音が鳴り響《ひび》いている。

♂♀

――もしかして、俺《おれ》、勘違《かんちが》いしてたんじゃないか？
そんな予感が、一瞬《いっしゅん》で全身を通り過ぎた。
これは単なる通り魔《とおりま》事件などではない。
最初は、不良《ふりょう》達の抗争《こうそう》が最悪のパターンだと思っていた。
だが、それすらも可愛《かわい》く思えるような状況だったとするならば？
この通り魔の発生すら、誰《だれ》かが意図的《いとてき》に仕組んだものだとしたら？
目の前に立っているのが、通り魔ですらない『何か』だとすれば――どうなる？
様々《さまざま》な可能性が頭を過《よ》ぎり、痛みにも似た寒気《さむけ》が八尋の細胞《さいぼう》を駆《か》け巡る。
理由は簡単だ。
通り魔が二人いる、などという状況の不気味《ぶきみ》さからではない。

もはや、通り魔がどうこういう問題ではなかった。

二人目の『ダークアウル』。

その立ち振る舞いから感じる空気に、八尋は思わず全身を震わせた。

「あ、あひぇえあぁぁーッ！」

最初に遊馬崎《ゆまさき》を襲《おそ》っていた通り魔が、甲高《かんだか》い悲鳴《ひめい》を上げて動き出す。

「あッ！　待つっすよ！」

遊馬崎がそれを追おうとしたのだが――その前に、もう一人の通り魔が立ち塞《ふさ》がる。

「くう！　分身《ぶんしん》の術《じゅつ》とは猪口才《ちょこざい》な！　偽物《にせもの》は消毒《しょうどく》っす！」

そんな事を言いながら、軽くレバーを握る遊馬崎。

本気《ほんき》で握れば軽く5メートルから10メートルは火が噴《ふ》き出す仕組みだが、流石《さすが》にこの住宅街では火事《かじ》になってしまう為《ため》、遊馬崎も空気を読んでいた。

もっとも、住宅街で消火器を改造した火炎放射器《かえんほうしゃき》を持ち出すという時点で、あるいはそんなものを作る時点で空気が読めていないと言われればそれまでなのだが、遊馬崎の頭の中ではそうしたネジは綺麗《きれい》に外れてしまっている。

手加減《てかげん》された炎《ほのお》が、後発の通り魔に迫った。

だが、相手は身を低くし、敢《あ》えてその炎の領域《りょういき》へと脚《あし》を踏みいれる。

「⁉」

驚く遊馬崎《ゆまさき》の前で、『ダークアウル』はそのまま炎を潜りぬけた。

人間離れしたスピードと反射神経《しんけい》で、炎《ほのお》の波を軽やかに避けながら遊馬崎の懐《ふところ》へと潜《もぐ》り込んだのである。

遊馬崎の視点からは、瞬間《しゅんかん》移動でもしたようにしか見えなかった。

——これは、もしや——

何かのアニメか漫画《まんが》の技に例えようとしたが、通《とお》り魔《ま》はその暇《いとま》すら与えぬとばかりに、遊馬崎の下から攻撃《こうげき》を繰り出す。

電光石火《でんこうせっか》のアッパー。

喰らえば昏倒《こんとう》確実の一撃《いちげき》だったが——

当たる直前で、八尋《やひろ》が横合いからその腕を蹴《け》り飛ばした。

間一髪《かんいっぱつ》。

蹴りによって軌道《きどう》がズレ、通り魔のアッパーは遊馬崎の頬《ほお》をかすめる形でスカを喰った。

——ッ！

——やっぱりだ！

今の一連の流れで確信する。

目の前にいるこの『ダークアウル』が、途方も無いレベルの強敵であると。

八尋は今、身体《からだ》ごと横に蹴り倒すつもりで蹴りを放った。

だが、それでも腕の軌道を僅《わず》かに逸《そ》らす事しかできなかったのである。

物凄《ものすご》い体感バランスと、頑強《がんきょう》な足腰を持っているのだろう。

秋田《あきた》にいる頃《ころ》、格闘《かくとう》技をやっているという者が八尋に挑《いど》んできた事もあったが——その時に近い感覚を覚えている。

だが、方向性は近いが、手応《てごた》えはまるで違う。

地元で襲《おそ》いかかって来た自称《じしょう》格闘家はすぐに壊《こわ》れてしまったが、目の前の『ダークアウル』は、何度蹴りつけても壊れそうにない。

八尋の中で先刻《せんこく》から鳴り響《ひび》いている警報《けいほう》。

それは、静雄《しずお》と相対《あいたい》した時と良く似ていた。

——怖《こわ》い。

——怖い。怖い。怖い怖い怖い怖い怖い怖い怖い怖い怖怖怖怖怖怖　こわ　い　コワイ。

——同じだ。

——静雄さんの時と同じだ。

——強い。強い強い強い。

――目の前のコイツは、俺を殺せるかもしれない。

そう認識《にんしき》した瞬間《しゅんかん》、恐怖《きょうふ》が全身を支配する。

殺される前に、仕留《しと》めなければならない。

そんな、久方《ひさかた》ぶりの感覚が臓腑《ぞうふ》の奥から止めどなく沸《わ》き起こった。

静雄《しずお》の時は、そこまでの『殺意』めいた感情は芽生《めば》えなかった。

彼の中にあったものは明確な怒りであり、納得《なっとく》できるものだ。

だが、目の前の人影《ひとかげ》にはそれがない。

まるで剝《む》き身の刃《やいば》が地面から突きだしているかのような恐さを感じた。

一歩間違えれば、全てが終わる。

もはやこの『ダークアウル』の正体など関係無い。

「……下がっていてください」

遊馬崎《ゆまさき》にそう言うと、八尋《やひろ》は次の一撃《いちげき》を繰り出した。

『ダークアウル』の喉《のど》のあたり向かって、鋭い手刀《しゅとう》を突き入れようとする八尋。

だが、それを派手《はで》なバク転で躱《かわ》し、そのまま数メートル距離《きより》を空《あ》ける『ダークアウル』。

手刀を避けた際に、上半身《じようはんしん》が九〇度以上後ろに曲げられていたように見えた。

そのまま身体《からだ》を戻さずにバク転するという、恐ろしいまでの身体の柔らかさとバネを証明《しょうめい》する行動を前に、八尋は考える。

――ああ、逃げたい、逃げたい。

臆病《おくびょう》な彼は、考える。

ここで走って逃げ出して、後は布団《ふとん》を被《かぶ》って寝ていればどれだけ安堵《あんど》できるだろうかと。

顔も見られていない。

名前も知られていない。

安心がそこに待っている。

――だけど、ここで逃げたら……。

八尋はギリ、と歯を噛《か》みしめ、足を前へと踏み出した。

――遊馬崎さんや門田《かどた》さんが……。

――いや、みんなで逃げたとしても……次は誰《だれ》か、俺《おれ》の大事《だいじ》な人がやられるかもしれない。

――それは、もっともっと怖《こわ》い事じゃないか。

自分の中で踏ん切りを付け、一瞬《いっしゅん》で頭のネジを締《し》め直す。

そして、跳んだ。

相手の虚《きょ》を突く形で、アスファルトを力強く踏み抜き、身体を一気に加速《かそく》させる。

体液が背中の方に流れるのを感じながら、八尋はそのまま路上《ろじょう》を駆《か》け抜け、そのまま斜めに跳躍《ちょうやく》した。

塀《へい》を駆《か》け上がるかのように蹴《け》りつけ、そのまま3メートル程の高さまで跳躍《ちょうやく》する。

そのまま相手に向かって跳躍し、頭頂部《とうちょうぶ》をサッカーボールのように蹴ろうとした。

だが、一瞬《いっしゅん》早く男は身を屈《かが》め、その蹴りを躱《かわ》す。

フードの頭頂部に八尋《やひろ》の靴《くつ》が僅《わず》かに擦《こす》れ、チリチリと焦《こ》げながら繊維《せんい》が何本か宙《ちゅう》を舞った。

そして、八尋は動きを止める事のないまま、反対側の塀を蹴り、勢いそのままに『ダークアウル』へと挑《いど》みかかる。

拳《こぶし》の連撃《れんげき》。

肘《ひじ》や足技を交えた怒濤《どとう》の攻勢《こうせい》を前に、相手は何度も体勢を崩《くず》した。

だが、すんでの所で踏み止まり、流れるような動きで八尋に反撃《はんげき》を仕掛けてくる。

八尋はそれを経験《けいけん》から来る勘《かん》と鍛《きた》え抜いた反射神経《しんけい》であしらうが、それでもギリギリの攻防《こうぼう》だという事が理解できた。

一瞬でも気を抜けば、自分の意識《いしき》など簡単に刈《か》り取られてしまうだろう。

そのまま力尽《ちからず》くで刈り取られたのが、先日の静雄《しずお》との戦いだ。

しかし、目の前の『ダークアウル』からは静雄ほどの膂力《りょりょく》は感じ無い。

代わりに、天然なのか、あるいは格闘技《かくとうぎ》経験によるものか、尋常《じんじょう》ならざる当《あ》て勘《かん》と捌《さば》き手でこちらの連撃《れんげき》をいなし、時に反撃《はんげき》を繰り出して来た。

——考えろ。考えろ考えろ。

——こいつの強さは静雄さん程じゃないかもしれない、だけど、それに近い何かだ！
命の危機《きき》すら感じる攻防。
ましてや、相手はまだ片手にハンマーを握ったままだ。下手《へた》な一撃《いちげき》を食らえばそれだけで致《ち》命傷《めいしょう》となるかもしれない。
——こいつの動きを止めなきゃ。
そんな攻防の中、八尋は不思議《ふしぎ》と冷静だった。

——こいつの足を止めろ。

——こいつの腕を止めろ。

——こいつの五感を止めろ。

——こいつの思考《しこう》を止めろ。

——こいつの呼吸を止めろ。

——こいつの●●を止めろ。

時間がゆっくりと感じられる。

——こいつの●●を止めろ。

秋田《あきた》でチンピラ達とケンカしていた時には、味わえなかった感覚だ。

——こいつの●●を止めろ。

――こいつの心臓《しんぞう》を、止めろ。

攻防《こうぼう》を繰り返す内に――一瞬《いっしゅん》だけ、敵意《てきい》が完全なる殺意《さつい》へと塗り変わった。
刹那《せつな》、八尋《やひろ》の攻撃《こうげき》が鋭さを増し、相手の顔面に拳《こぶし》による一撃《いちげき》がヒットする。
フードが半分めくれ、相手の顔の口元が露《あら》わになった。
どうやらまだ若い男のようで、口元から血を流しながら――笑っていた。

――あれ？

そこで、八尋は考える。
自分が今、どんな顔をしているのかという事に。

――どうしてだろう。
――こんなに怖《こわ》いのに。
――死ぬかもしれないのに……。

自分の感情を整理する事ができぬまま、八尋はただ、自分が如何《いか》なる表情をしているのかという事をだけを理解した。

――……俺《おれ》、笑ってる？

♂♀

同時刻《じこく》　池袋《いけぶくろ》某所《ぼうしょ》

「や、やった！　やったぞオイ！」

味村《あじむら》は、崩《くず》れ落ちた不良《ふりょう》の背をゲシリと踏みつけ、上機嫌《じょうきげん》で『もう一人のダークアウル』に対して叫んだ。

「ハ、ハハッ！　ハハァッ！　良くやったな、うん、良くやってくれたなオイ！」

「……」

無言《むごん》のままこちらを見ているダークアウルに、味村はほぼ無警戒《むけいかい》に語りかける。

「こ、こないだ、法螺田《ほらだ》って野郎《やろう》をぶちのめすのを手伝ってくれたのもアンタだな！　な！　あの時は助かったよ！　あの野郎、クズの癖《くせ》に俺を殴《なぐ》りやがったんだ！」

「……」

尚《なお》も無言のままハンマーを握り続ける『もう一人』に、味村はそこで初めて薄ら寒いものを感じ取った。

「お、おい、なんとか言えよ」

「……」

答えの代わりに、『もう一人』は、ゆっくりとこちらに歩み寄ってくる。

「……う、嘘《うそ》だろオイ、俺《おれ》までやる気じゃねえよな？　冗談《じようだん》はよせって！」

「……」

やはり返事は無かった。

ゆっくりと不良《ふりよう》の背から足を離し、一歩、また一歩と後じさる味村《あじむら》。

「ちょ、待てよ！　待って下さい、あれ？　俺の味方《みかた》ですよね？」

「……」

「……ッ！　俺はお前だ！　お前は俺だ！　同じダークアウルだろう⁉　アブピが俺達の人生を謳《うた》ってくれてるだろ？　なぁ！　アブピファン同士《どうし》、仲良くやろうじゃねえかよぉ！」

「……」

その言葉にも反応する事はなく、ダークアウルは、ゆっくりと、ゆっくりと無言《むごん》のまま味村との距離《きより》を詰めていった。

まるで、『アウル・オブ・ザ・ピーピングデッド』に出てくるゾンビ達のように。

「あぁ、あぁあああぁあッ！」

ゾンビとイメージが重なった瞬間《しゆんかん》、プレッシャーに負けた味村が、自らのハンマーを相手の頭部に振り下ろした。

グシャリ、と、ダークアウルの頭部であるフード部分が歪《いびつ》に潰《つぶ》れる。

想像《そうぞう》以上に深く頭部にハンマーがめり込んだ事に怖《おそ》れおののき、味村は思わず手を放して尻《しり》餅《もち》をついてしまった。

「ひぃッ⁉」

カクカクと震えながら、動きを止めた『もう一人』を見上げる味村。

明確に、頭部が陥没《かんぼつ》した感覚があった。

今までに無い感覚だが、あそこまでハンマーが食い込んでしまっては、もはや生きてはいられないだろう。

「あああ、お、俺のせいじゃないからな。お前が、お前が俺を怖《こわ》がらせるのが悪いんだぞ。だぞ？　……だ、ぞ、ぞぁ……あぁぁぁぁぁぁぁあああ⁉」

混乱しきった男の自己弁護《べんご》が、恐怖《きょうふ》による叫びへと切り替わる。

頭が半分潰れた『もう一人』が、そのままゆっくりと動き出したからだ。

『もう一人』は懐《ふところ》からスマートフォンを取り出し、ゆっくりと文章を打ち込んで、味村にその文字を見せつけた。

『すまない』

「……へ、へぁ⁉」

『アウル・オブ・ザ・ピーピングデッドは、あまり詳しくないんだ。今度実写《じっしゃ》も見てみるつもりだけどな』

頭が潰《つぶ》れたまま流暢《りゅうちょう》に文章を紡《つむ》ぐ『もう一人』に、味村《あじむら》は混乱したまま口をパクパクとさせている。

そんな彼の前で、『もう一人』は、ダークアウルのフードを外して後ろに下げた。

味村は、そこで知る事になる。

頭が潰れても動き続けている理由を。

最初から『それ』に、頭などなかったのだという事を。

ガタガタと震えながら、味村は『それ』の俗称《ぞくしょう》を口にした。

「くッ……くくくッ……首ッ……首無《くびな》し……ライダーッ！」

『これは、さっきのお返しだ』

その文字を見せると同時に、首無しライダーの持っていたハンマーが異変《いへん》を見せる。

包帯《ほうたい》が弾《はじ》け飛び、中にあったハンマーが二回りほど大きくなって、そのまま漆黒《しっこく》のピコピコハンマーへと変化したではないか。

そして、彼女は同じハンマーで同居人《どうきょにん》に喰らわせたものの十倍程の威力《いりょく》の一撃《いちげき》を、容赦《ようしゃ》なく味村の頬《ほお》に叩《たた》き込んだのだが——

彼女のそうした経緯《いきさつ》など、吹き飛びながら気絶《きぜつ》する味村には知る由《よし》もない事だった。

♂♀

セルティ・ストゥルルソンは人間ではない。

俗《ぞく》に『デュラハン』と呼ばれる、スコットランドからアイルランドを居《きょ》とする妖精《ようせい》の一種であり——天命《てんめい》が近い者の住む邸宅《ていたく》に、その死期の訪れを告げて回る存在だ。

切り落とした己《おのれ》の首を脇《わき》に抱え、俗にコシュタ・バワーと呼ばれる首無し馬に牽《ひ》かれた二輪《にりん》の馬車《ばしゃ》に乗り、死期が迫る者の家へと訪れる。うっかり戸口《とぐち》を開けようものならば、タライに満たされた血液を浴びせかけられる——そんな不吉《ふきつ》の使者《ししゃ》の代表として、バンシーと共に欧州《おうしゅう》の神話《しんわ》の中で語り継《つ》がれて来た。

そして今宵《こよい》の彼女は、また少し違う顔を見せていた。

彼女は市販《しはん》の着ぐるみパジャマを纏《まと》い、『ダークアウル』という通《とお》り魔《ま》と同じ格好《かっこう》をさせられていたのである。

♂♀

数分後

『……まったく、こんな茶番《ちゃばん》に付き合わされるとは思わなかったぞ』

公園の片隅《かたすみ》。

周囲に人の気配《けはい》が無い事を確認《かくにん》してから、セルティが横にいた不良少年《ふりょう》――久音《くおん》に尋《たず》ねる。

気絶した通り魔《とおま》はセルティの影によってがんじがらめに縛《しば》られており、先ほどまでの久音と同じような形で地面に転がっている。

早い話、久音は囮《おとり》だった。

通り魔である味村《あじむら》を逆に人気《ひとけ》の無い場所へと誘《おび》き寄せ、そのまま同じ通り魔の格好《かっこう》をしたセルティが始末《しまつ》するという手筈《てはず》であり、実際そのまま何の問題もなく事が運んだ。

セルティに殴《なぐ》られるフリをして倒れていた久音が、上機嫌《じょうきげん》でセルティに言う。

「いやー、完璧《かんぺき》でしたね、ありがとうございました！　でも、いいんですか？　結局首無《くびな》しライダーだってバレちゃいましたけど」

通り魔の目星《めぼし》がついたという事で久音に呼ばれたセルティは、待ち合わせ場所に行くなり、ダークアウルの着ぐるみパジャマを渡された。

――「ほら、変に首無しライダーが通り魔倒したとかってなって、通り魔に逆恨《さかうら》みされてもあれでしょう？」

――「それに、ダークアウルがダークアウルを捕《つか》まえた……ってなれば、ダークアウルのイメージも回復するってものでしょう？」

そんなに上手《うま》く行くはずがないとは思ったものの、セルティは相手が雇用主《こようぬし》という事もあり、とりあえず彼の希望に添う事にしたのである。

どちらにせよ、通り魔の凶行《きょうこう》を止められるのならば些末《さまつ》な事だと考えたからだ。

結果として、通り魔には首無しライダーだとばれてしまったものの、セルティ本人はさして気にした様子《ようす》もない。

『まあ、いいさ。この手の輩《やから》に恨《うら》まれるのには慣れてる』

「そっか、そりゃ、大変ですねぇ」

『君の方が、残念だったたんじゃないのか？』

「え？」

惚《とぼ》ける久音に、セルティは淡々《たんたん》と指摘《してき》した。

『わざわざダークアウルの着ぐるみまで用意してたぐらいだ。本当は【ダークアウルがダークアウルを捕《と》らえる！】って感じの映像《えいぞう》でも撮《と》って一儲《ひともう》けしたかったんじゃないのか？』

「……参《まい》ったな。映像なんてどこで撮ってるって……」

『君が胸ポケットに挿《さ》してるそのペンも、ペン型のデジタルビデオカメラだろう？　最近通販《つうはん》で良く売ってるよな。昔見たスパイ映画が現実になったと感動して私も眼鏡《めがね》型カメラと一緒《いっしょ》にいくつか買ったからな』

眼鏡型カメラを首無《くびな》しライダーがどうしようというのかと久音《くおん》は一瞬《いっしゅん》ツッコミかけたが、どうにもそんな空気ではなさそうだと判断《はんだん》し——正直に答える事にした。

「まいった、まいりましたよ。確かに、いくつかカメラ仕込んでましたし、人を雇《やと》って無関係な奴《やつ》が近づかないようにってのと、遠くから携帯《けいたい》カメラで隠《かく》し撮りさせてました」

『開き直るな』

「……怒ってます？」

『怒ってはいないが、感心できる事じゃないと忠告《ちゅうこく》はしておくぞ』

セルティは溜息《ためいき》をつくような仕草《しぐさ》で肩を落とし、若者に対して忠告する。

『あまり他人を軽く見ない方がいい。その程度の目論《もくろ》みは誰《だれ》にでも解《わか》る。金儲《かねもう》けに私を使うのは自由だが、私の身元がバレたり、私が人攫《ひとさら》いと勘違《かんちが》いされるような映像は流すな』

「……じゃあ、あの頭が殴《なぐ》られるとこはうまく編集《へんしゅう》しますよ」

『まだ映像使う気なのが凄《すご》いな!?』

「その分報酬《ほうしゅう》は上乗せしますから、勘弁《かんべん》して下さいよ」

悪びれもせずに言う久音を見て、段々《だんだん》この少年がどういう人間なのかを把握《はあく》しつつある。

『他人を利用しようとするのは別にいい。人は互いに利用しあって生きて行くものだと私は考えている。ただ、自分が一方的に利用する立場だと思うなよ。そういう立場を貫《つらぬ》こうとした奴が居たが、ああいうのは特殊《とくしゅ》な人間のやる事だし、決して人にも好かれない』

「……折原臨也《おりはらいざや》の事ですか」

『知ってるのか？』

軽く驚くセルティ。

彼女が驚いたのは、臨也と知り合いだった事よりも、久音がその名前を口にした瞬間《しゅんかん》、それまでの笑《え》みを消し去り、底知れぬ冷たさを双眸《そうぼう》に湛《たた》えていた事だった。

「昔、色々あって……」

『だったら分かるだろう？　あいつのマネなんかするもんじゃない』

「確かにあいつはろくでもない奴だし、俺《おれ》だって人間の中で一番嫌《いちばんきら》いですよ」

ギリ、と強く奥歯を噛《か》みしめた後、久音は何故《なぜ》か悔《くや》しそうな顔をして、吐き捨てるように言葉を紡《つむ》ぐ。

「……あんな奴だからこそ、救われる人間もいた……って事ですよ」

セルティはそんな彼の表情を見て、暫《しばら》く沈黙《ちんもく》していた。

結果として、それ以上の詮索《せんさく》は良くないと思ったのか、話題を変えるべく文字を打つ。

『そうか。深くは聞かないが、忠告《ちゅうこく》はしたぞ。……そもそも、私の疑問はそこじゃない』

「……なんですか？」

『どうして、こいつが犯人だと分かった？』

現在のセルティの最大の疑問は、何故《なぜ》この男が犯人だという事を久音《くおん》が知っていたのか——という一点に尽きた。それを知っていなければ、囮《おとり》も何もあったものではない。

「俺《おれ》じゃありませんよ、姉《ねえ》ちゃんの手柄《てがら》だ」

『どういう事だ？』

セルティの文章を見て、少し気恥《きは》ずかしそうに家族の所業《しょぎょう》を語り始める久音。

「姉ちゃんの掲示板《けいじばん》に、通《とお》り魔《ま》の事件が起こってからヤケに活発な奴《やつ》がいて、『ダークアウルは街のクズを掃除《そうじ》してるからいい奴じゃん』みたいな書き込みしてる奴がいたんですよ。自作自演《じえん》で同意したり、何度も同じ書き込みしたり。姉ちゃんからはＩＰアドレスで丸わかりなのに……」

『それが味村《あじむら》か？』

「はい、姉ちゃんが複数運営してるサイトの中でアブピ関係のまとめサイトもあるんすけど、そこに来た、悪名高い自称《じしょう》ファンサイトの管理人のアドレスとどんぴしゃだったそうで。それで色々追っかけてたら、こないだの法螺田《ほらだ》って人の事件の時、警察の発表よりも早く、法螺田って人が不良《ふりよう》だって情報《じようほう》を強調してたんでね」

『ただの馬鹿《ばか》じゃないか』

あっさりと言うセルティに、久音は苦笑《くしよう》しながら頷《うなず》いた。

「ま、蓋《ふた》を開ければそんなもんですよ。そもそも、馬鹿だから通り魔なんかになったんじゃないですかね？」

皮肉《ひにく》げに言う久音に、セルティは一つ疑問を付け加えた。

『それだけか？』

「……何がです？」

『それだけなら、君ならもっとアイツを泳がせるか、八尋《やひろ》君あたりにやらせるんじゃないかと思ってたよ』

文字なので分かりづらいが、久音はその文章の中に何か皮肉《ひにく》めいたものが籠《こ》められている事を感じ取った。

「なにが言いたいんですか、セルティさん」

『何か、君か……君の姉さんにとって、予想外の事が起きたんじゃないか？』

「予想外って……通り魔を捕《つか》まえるのに予想外もなにも。まあ、確かに、姉ちゃんのサイトに顔を出してた奴が犯人だったっていうのは意外《いがい》でしたけどね」

久音《くおん》はペラペラと事件の雑感《ざつかん》について語り始めようとするが、セルティはその流れを引き留《と》めるかのように、ハッキリとした一文を突きつける。

『さっきこいつは、ダークアウルの格好《かっこう》をした私に「この前は手伝ってくれたな」とかなんとか言ってたが……どういう事だ？』

「そんなの……俺《おれ》が知りたいぐらいですよ。まあ、街の噂通《うわさどお》り、通《とお》り魔《ま》は模倣犯《もほうはん》がいるっていう事でしょう。こいつも模倣犯の一人かもしれないですけど、犯人の一人には変わりないですしね」

久音はそう言いつつ、足元に転がる味村《あじむら》の背を踏みつけた。

「ま、俺にできる事は、こいつを狩沢《かりさわ》さん達に引き渡すだけですよ」

クスクスと嗤《わら》いながら、久音は携帯《けいたい》電話を取りだし——狩沢の番号へと電話を掛ける。

まるで、セルティの疑問から逃げるかのように。

「……あ、もしもし、狩沢さんですか？　どうも、琴南《ことなみ》です」

『あれッ!?　くおっち!?　どうしたの？　今日《きょう》、用事があるって言ってたけど』

「その用事が終わったんですよ。……今、セルティさんと通り魔を捕《つか》まえました」

『えッ!?』

「引き渡したいので、いつも狩沢さんと一緒《いっしょ》にいる……ええと……なんとかいう運転手さんに頼んで、バンを出して貰《もら》えませんか？」

『あ、うん……それはいいんだけど……どういう事？』

「？　何がですか？」

『いや、今そのとぐっちと一緒にいるんだけどさ……』

どうやら走りながら電話をしているようで、足音と呼吸音が混じって聞こえて来る。

『今、とぐっちがドタチンに電話したんだけどさ、やっぴー……三頭池《みずち》君が、通り魔と戦ってるって……』

「……は？」


混乱したまま電話を切って数秒後、別の番号から着信《ちゃくしん》があった。

「……辰神《たつがみ》さん？」

なぜこのタイミングでと混乱するが、とりあえず電話にでる久音。

「……もしもし」

『あ、琴南君？　今、ネットの騒《さわ》ぎ……見てる？』

「ネットの騒ぎ？」

『街に、大量のダークアウルがでたって……』

「……はぁ!?」

数分後——

ネットの情報《じょうほう》を漁《あさ》った久音《くおん》が目を泳がせていると、セルティがスッとスマートフォンの画面を差し出してきた。

『どうした？　また予想外の何かが起こった？』

「……なんでも、ありませんよ」

強がったように笑う久音に、セルティが文字を紡《つむ》ぐ。

『人を思い通りに動かすっていうのは、難しいもんだぞ。臨也《いざや》の奴《やつ》は操《あやつ》ってたわけじゃない。結果の全てを受け入れて愛してたから、操ってるように見えただけだ。……ま、はた迷惑《めいわく》な話だけどな』

はた迷惑だと言いつつも、不思議《ふしぎ》と不快ではなさそうに文字を紡ぐセルティ。

そんな彼女をキッと睨《にら》み付けながら、久音は口を開き——

「知ったような事を……」

言葉を一旦《いったん》止めた後、気まずそうに目を逸《そ》らした。

「いや……その通り、かもな……」

久音はそのまま黙《だま》りこくり、ネットで情報を漁り続ける。

セルティはそんな彼を、それ以上責める事も慰《なぐさ》める事もしなかった。

これ以上何かを言うのは、それこそ『知ったような事』に過ぎないと理解していたからだ。

自分が知っているのは折原臨也《おりはらいざや》の過去であり、今を生きる彼の事ではないのだと。

♂♀

上池袋《かみいけぶくろ》　路上《ろじょう》

「……」

狩沢《かりさわ》と三郎《さぶろう》が現場に辿《たど》り着いた時、丁度《ちょうど》ケンカは膠着《こうちゃく》状態となっていた。

お互いに決め手がないまま幾度《いくど》も攻防《こうぼう》を続けて来たが、現在は互いに距離《きょり》を置いて隙《すき》を窺《うかが》っている状況である。

遊馬崎《ゆまさき》がこれはチャンスではないかと消火器のノズルを向けようとしたが、その手が門田《かどた》に制された。

「馬鹿《ばか》、また躱《かわ》されて、逆に八尋《やひろ》の隙になる」

小声でそう言った門田の言葉に納得《なっとく》して、消火器を下げる遊馬崎。

そんな彼らの後ろに来た三郎が、八尋らしき人影《ひとかげ》を見て声を上げた。

「お、おい、何がどうなってんだよ！　……？　なんだあれ？　あいつ、なんであんな黒いマスク……っていうか、あれ、セルティの影じゃねえか……?」

「変身ヒーロー!? 凄《すご》い! 特撮《とくさつ》だったらかなりハイレベルな演出《えんしゅつ》だよあの影の動きとか!」

「いや、待て狩沢《かりさわ》、ちょっと整理させてくれ。何がなんだか……」

狩沢の言葉に混乱する三郎《さぶろう》の耳に、まったく別の音が響《ひび》き渡る。

それは、聞き慣れたサイレンの音だった。

「あ、警察だ」

近所の住民が騒《さわ》ぎを聞きつけて窓などから目撃《もくげき》したのだろうか、とにかくパトカーのサイレンがこちらに向かって近づいているのはハッキリと分かる。

すると、それを耳にした『ダークアウル』は、名残惜《なごりお》しそうに八尋《やひろ》を見つめ――

数秒後、破けたフードの隙間《すきま》からニヤリと笑い、その場を離脱《りだつ》した。

「あッ!? 逃げたっすよ!?」

遊馬崎《ゆまさき》が慌《あわ》てて消火器を向ける。

だが、火炎《かえん》を打ち出す事はできなかった。

彼は驚くべき事に、民家《みんか》の塀《へい》へと一息《ひといき》で駆《か》け上がり、そのまま一階の屋根《やね》、二階の屋根へと跳躍《ちょうやく》して、野生のケモノのような勢いで屋根の向こう側へと消えてしまったのである。

「や、山猫《やまねこ》かあいつは!?」

「もしかして……映画の中から抜け出してきた、本物のダークアウルだったんじゃ……」

三郎の呟《つぶや》きに対して、呆然《ぼうぜん》とそんな言葉を紡《つむ》ぐ遊馬崎だったが——

彼の手に持つ消火器を見て、三郎が慌てて叫んだ。

「おい遊馬崎！　早くそれしまえ！　逃げるぞ！」

「えぇッ!?　でも通《とお》り魔《ま》は!?　も、もう一人居るんすよ！　走って逃げた奴《やつ》が！」

「とりあえず後だ！　こっちが先に捕《つか》まったら意味ねぇだろうが！」

慌ただしい周囲の声を聞きながら、八尋は『ダークアウル』が消えた屋根を見上げ続ける。

「逃げ……た……？」

その事実を再確認《かくにん》した所で、八尋の全身からジワリと汗《あせ》が滲《にじ》み出した。

冷や汗なのか、激しい運動の熱によるものかは分からない。

自分の今の感情を整理しきれぬまま混乱する八尋の背後から、聞き慣れた声がかけられる。

「おい！　八尋！　何してんだ！　お前も逃げるぞ！」

「あ……はい！」

遠くにパトカーの赤色灯《せきしょくとう》が見えるのを確認《かくにん》し、八尋はその場から踵《きびす》を返した。

走って逃げながら八尋は『影』のマスクと上着《うわぎ》を外す。

丸めるように畳《たた》み込んだ影を腕に抱えながら走る八尋は、僅《わず》かに安堵《あんど》していた。

脅威《きょうい》はもう無い。

しかし、恐怖《きょうふ》が完全に消えたわけではない。

逃げたと見せかけて、不意《ふい》を突くつもりかもしれない。

あるいは、警察に目を付けられたかもしれない。

三郎《さぶろう》さんに怒られ、アパートを追い出されるかもしれない。

そうした普段ながらの恐れに加えて、ほんの僅《わず》かに芽生《めば》えた、新たな恐れがある。

通《とお》り魔《ま》との攻防《こうぼう》の中に、平和島静雄《へいわじましずお》とケンカをした時以上の高揚《こうよう》を覚えた自分に対して。

八尋《やひろ》は戦いの最中《さなか》であるにも関わらず、自分自身に対してささやかな恐怖を覚えたのだ。

戸惑《とまど》いながら大通りまで逃げた八尋だったが——

そんな彼に、背後から声がかけられた。

「八尋」

警戒《けいかい》しながら一瞬《いっしゅん》で振り返ると、何かが自分に向かって放り投げられるのが見えた。

——刃物《はもの》!?　硫酸《りゅうさん》!?　爆弾《ばくだん》!?

様々《さまざま》な可能性が一瞬で頭を過《よ》ぎるが、彼の視神経《ししんけい》がその正体を把握《はあく》すると同時に、八尋はその『スマートフォン』を手で受け止める。

「あそこに落っことしたまま、忘れてたよ？　壊《こわ》れてるみたいだけど、大丈夫《だいじょうぶ》？」

肩を竦《すく》めながら喋《しゃべ》る男の名を、八尋は首を傾《かし》げながら口にした。

「黒沼先輩《くろぬませんぱい》……？　どうしてここに？」

♂♀

池袋《いけぶくろ》　路上《ろじょう》

「ほ、法螺田《ほらだ》さん、どうするんすか！」

「いいから、駅から離れる感じで逃げろ！　まずは戦略的撤退《せんりゃくてきてったい》って奴《やつ》だ！　そっから、なんとかするしかねえだろうがよ！」

法螺田はそう言いながら、後輩《こうはい》の運転する車の助手席《じょしゅせき》で痛みと恐怖に震えていた。

駅の地下を通ってなんとか後輩の車まで逃げ込んだ法螺田は、とりあえず街から離れるべく車を走らせていた。

大通りが渋滞《じゅうたい》を起こしていた為《ため》、細い抜け道を走らせる。

「畜生《ちくしょう》……なんなんだよあいつら！　カラーギャングよりタチ悪《わり》ぃじゃねえか！」

そんな事を叫んでいると、法螺田《ほらだ》の携帯《けいたい》が鳴り響《ひび》いた。

「なんだ！　こんな時にどこのボケ……が……」

画面《がめん》に表示《ひょうじ》された『泉井《いずみい》』という文字を見て、更《さら》に顔を青ざめさせながら電話に出る法螺田。

「ど、どうも泉井さん！　法螺田っす！」

『さて問題でぇす』

「は、はい？」

『一週間は入院コースだった法螺田君は、どうしてもう退院してしまったんでしょうかぁ？』

泉井の『クイズ』に、法螺田は歯をガチガチと打ち鳴らす。

この『クイズ』を口にした時の泉井は、ネジが普段以上に跳んでいる時が大半だ。

下手《へた》な事をすれば入院程度では済まなくなるかもしれない。

そう考えながらも上手《うま》い答えが出てこずに震えている法螺田に、泉井が更《さら》に言った。

『で？　通《とお》り魔《ま》はどうした？』

「そ、それは――」

♂♀

城菱葉子《しろびしようこ》は駆《か》け続ける。

――もうダメ。終わり、終わりよ、糞《くそ》が。糞が糞が糞糞糞糞糞糞。

彼女は絶望に陥《おちい》っていた。

声を聞かれたからには、警察が自分まで辿《たど》り着くかもしれない、などと考えたわけではない。

逃げる直前に現れたあの暗い影。

黒い衣装《いしょう》とはまったく違う、黒い影がそのまま布地《ぬのじ》となって蠢《うごめ》いているかのような存在。

首無《くびな》しライダーだけではなく、あのような訳《わけ》の分からない者まで現れ、しかも自分の邪魔《じゃま》をすべく動いている。

――ああ、お終《しま》いよ。池袋《いけぶくろ》はお終いよ。

――もう地獄《じごく》への門が開かれたんだわ。悪魔《あくま》が本当に湧《わ》いてでたじゃないのよ！

――私じゃない。私のせいじゃない。

――クズ共のせいよ。クズ共のクズ共の……蛆虫《うじむし》以下の●◎からゴミを絞《しぼ》ったような汁《しる》をまき散らすようなクズ共が邪悪《じゃあく》を受け入れたせいで、本当に地獄の門が開いたのよ！

――こんな街は終わりだわ。終わりにしナきゃ。私の手で。

――いイえ、まだ間に合う。救ウのよ、私ノ手で。

――燃やせばいいのよ。悪書を、燃やセ。

――ライターをコンビニで買って、池袋の街ゴト、ボーボー、ボボボボ。ボー。

――私の手ッ手ッ手ッ手手手手手手手手手手手手手手手テテテテテテテテテテテデ

デデでででで。

口の端《はし》から涎《よだれ》を垂《た》らしながら、狂ったように走り続ける葉子《ようこ》。

彼女は明らかにまともな状態ではなかった。

恐怖《きょうふ》によってか、あるいは新たな自分の使命を見つけたせいか、あるいは別の要因か。

混乱が逆に多幸感となって走る彼女は、疲れなど感じない。

何故《なぜ》なら自分は、池袋《いけぶくろ》の為《ため》に走っているのだから。

未来に向かって真《ま》っ直《す》ぐ走り続ける彼女を——

横から現れた一台の車が、盛大に跳ね飛ばした。

♂♀

『どうした？　すげえ音がしたぞ？』

泉井《いずみい》の言葉に対し、法螺田《ほらだ》は暫《しば》し喋《しゃべ》る事ができなかった。

車が何かにぶつかった衝撃《しょうげき》により、全身の傷が悲鳴《ひめい》をあげている。

「い、いや……車がなんか……」

「ほ、法螺田さん、あ、アレ……」

路上《ろじょう》に止まった車の先に、人影《ひとかげ》が倒れている。

——ふ、ふざけんなよ！　また警察は勘弁《かんべん》だぞオイ！

——俺《おれ》は関係ねぇ！　関係ねぇからな！

法螺田は携帯《けいたい》電話を握り締《し》めたまま慌《あわ》てて車を降り、せめて相手が生きてるかどうかを確認《かくにん》しようとしたのだが——

「……燃やセ……燃やセェ。クズ、殺セ、クズが、クズが」

ピクピクと震えながらそんな事を呟《つぶや》き続けている『ダークアウル』と、その手に握られた包《ほう》帯《たい》ハンマーを見て、法螺田は目を丸くする。

『おい、どうした、返事しろよ法螺田ぁ』

握った携帯から漏《も》れ響《ひび》く声で我に返り、法螺田は慌《あわ》てて携帯を耳に当てた。

「す、すいません！　ちょっと取り込んじまってて！」

『いいから質問に答えろよ。通《とお》り魔《ま》には、キッチリケジメつけたんだろうな？　あぁ？』

「は、はいッ！」

『……あぁ？』

「もちろんですよ泉井さんッ！　通り魔はキッチリ見つけて、ちゃんとケジメぇつけさせましたよ！　い、今から連れて行くんで、後は宜《よろ》しくお願いしゃーっす！」

♂♀

「う……うご?」

味村《あじむら》が目を醒《さ》ますと、そこは誰《だれ》かのバンの車内のようだった。

「あ、お目覚めだねー。いや、ダークアウルっぽく『復活』って言うべきかな?」

「まあ、これからすぐに刑務所《けいむしよ》に封印《ふういん》されるんすけどね」

こちらが目を醒ましたのを見て、バケツを抱えた糸目《いとめ》の男と、手にバッテリー式のハンダゴテを持った黒ずくめの女が声を掛けて来た。

「な……なんッ……なんだ!? お前ら!」

そこで彼は、自分の手足が縛《しば》られているという事に気付き、その場で身体《からだ》を藻掻《もが》かせた。

「ああ、暴《あば》れない暴れない。ダークアウルはクールじゃなくっちゃ」

「本物っぽく、体温を下げないといけないっすね」

言うが早いか、糸目の男は、手にしていたバケツの中に入っていたドライアイスを男の服の中に流し込んだ。

「〜〜〜〜〜〜ッッッ! ッ!? あッ……あっっぁッ!」

悲鳴《ひめい》を上げる

「いやあ、免許証《めんきょしょう》持ち歩いたまま通り魔《とおりま》したのにもビックリっすけど、名前見て二度ビックリっすよ。あの悪名高いアブピサイトの管理人様が、まさか通り魔の犯人だったなんて」

「ま、あのサイトの悪名を考えれば、不思議《ふしぎ》じゃないけどねー。まさか本名《ほんみょう》で運営してるとは思わなかったけど」

「なッ……あ、悪名だと！　ふざけるなぁ！　俺《おれ》は、俺はアブピを守る為《ため》にやったんだぞ！　俺が法螺田《ほらだ》や平和島静雄《へいわじましずお》みたいなクズどもを掃除《そうじ》してやってたんだ！　ダークアウルの評判《ひょうばん》を守る為にだぞ!?」

叫ぶ味村に、男女は互いに顔を見合わせ――心底《しんそこ》疲れ切った表情になって溜息《ためいき》を吐いた。

「クズを掃除すれば善人《ぜんにん》になるって……それ、ゾンビを殺す事にすら苦悩《くのう》して、悪人を倒す時にも自分が正義である事は否定するっていう『アブピ』のテーマ全否定だよね？」

「いやー、悪役のダークアウルでも、自分が悪だと断言《だんげん》した上で堂々《どうどう》と悪事を働いてるじゃないっすか。あんた、何を見てるんすか？　にわか以下っすよ」

「五月蠅《うるさ》い！　あんなものは建前《たてまえ》だろ！　商業主義に尻尾《しっぽ》を振ったWW《ダブルさん》が売れる為《ため》に無理矢理《むりや》書いてるだけだろうが！　裏にある作品のテーマが見えてないのかよこの素人《しろうと》がッ！」

自分勝手《かって》な意見を叫ぶ味村の身体《からだ》を、糸目の男が押さえ付ける。

「ぐぁッ……何をッ……あぁぁぁあああぁぁ」

床に押しつけられた事で、服の中に入っていたドライアイスが皮膚《ひふ》を焼き始めた。

悲鳴《ひめい》を上げる味村《あじむら》に、男女は冷たい目つきで言葉を紡《つむ》ぎ続ける。

「いやあ、俺《おれ》らは、ファンじゃないんで。本当のファンなら、暴力《ぼうりょく》で作品の問題を解決しようなんて思わないっすからね」

「そうそう、見えてない、で思い出したけど……ダークアウルって、初期設定だと盲目《もうもく》だったって知ってた？」

そんな事を言いながら、女はハンダゴテをゆっくりと男の目に近づける。

「や、やめッ……やめやめやまああああああぁぁぁぁぁぁぁぁあッ！」

ハンダゴテが眼球《がんきゅう》に届く直前に、バンの後部ドアが開かれる。

助けが来たと一瞬《いっしゅん》期待した味村だったが――こちらを一瞬《いっしゅん》見た時の目の冷たさに、その希望はあっさりと打ち砕《くだ》かれた。

そして、バンダナを巻いた男が、溜息交《ためいきま》じりに男女に対して口を開く。

「おい……目的はき違えるなよ？」

開かれたドアから言われた門田《かどた》の言葉に、狩沢《かりさわ》と遊馬崎《ゆまさき》が揃《そろ》って頷《うなず》いた。

「大丈夫《だいじょうぶ》大丈夫、仲間がどのぐらいいるのかとか聞くだけだから」

「もー、俺らを少しは信用して欲しいっすよー」

「……ならいいが、話を聞いたらすぐに警察に突き出すからな。それを忘れるな」

釘《くぎ》を刺《さ》すだけ刺した後、門田は外にいる三郎《さぶろう》に声をかけた。

「八尋《やひろ》はどうした？」

「通《とお》り魔《ま》を拾いに行く前に、先に帰らせたよ。流石《さすが》に、こんなの見せられねえだろ」

「まさか、あいつが噂《うわさ》の『スネイクハンズ』とはな」

「……もう、俺、何がなんだかわからねえよ」

疲れたように言う三郎に、門田が尋《たず》ねる。

「明日《あした》、何か説教《せっきょう》でもする気か？」

「別に？　兄貴《あにき》達ならともかく、ケンカに関しちゃ俺にゃあ何も言う資格《しかく》ねえしな」

肩を竦《すく》めた三郎は、八尋の顔を思い浮かべ、空を仰《あお》いで苦笑《くしょう》しながら門田に言った。

「俺が思うのは一個だけだ。物騒《ぶっそう》な世の中だからよ。寄り道しねえでまっすぐうちのアパートまで帰っててくれりゃあいいって事だけさ」

♂♀

夜中　久音《くおん》のマンション　屋上《おくじょう》

「糞《くそ》……計画が台無《だいな》しだ。何もかも失敗じゃねえかよ……」

久音《くおん》は、屋上《おくじょう》の柵《さく》に手を置きながら、忌々《いまいま》しげに呟《つぶや》いた。

「なんだよ……あの『駅前に大量のダークアウル出現』ってのはよ……。あんなのは俺《おれ》の計画には無い。なんなんだよ、あいつらは……」

一体何者の仕業《しわざ》なのか。

考えられるのは、最近ネットで勢力を伸ばしている『アンダーラーズ』か、あるいは別の悪戯《いたずら》好きな集団がアートとでも称してやらかしたのかもしれない。

どちらにせよ、『ダークアウル』に対する池袋《いけぶくろ》の印象《いんしょう》はガラリと変わってしまった。ただ、少しばかり通《とお》り魔《ま》と首無《くびな》しライダーの映像《えいぞう》に関するインパクトが下がっただけだと言えばそれまでだが、久音にとっては看過《かんか》できなかった。

——計算が狂いっぱなしだ。

——もっと、通り魔を上手《うま》く利用できる筈《はず》だったのに……。

舌打《したう》ち混じりの溜息《ためいき》を吐く久音だったが——

自らの溜息の音やビル風の音に混じり、背後で扉《とびら》が開く音がした事に気付いたからだ。

「……姉《ねえ》ちゃん？」

ここにいる事を知っているのは姉だけだが、そこにいたのは望美《のぞみ》ではなく——

「八尋《やひろ》……？」

私服姿《すがた》の三頭池《みずち》八尋が、いつも通りの表情で立っていた。

「お前、なんでここに？」

「うん、家に行ったら、望美さんがここだって」

「なんだよ、話があるなら電話しろよ」

「ごめん、電話、ちょっと壊《こわ》れちゃってさ」

淡々《たんたん》と言う八尋に、久音が笑いながら尋《たず》ねた。

「お前、通り魔と戦ったって……どういう事だよ」

「うん、ダークアウルと戦ったけど、強かったよ。中身《なかみ》が誰《だれ》なのかは分からなかったけど、黒《くろ》沼先輩《ぬませんぱい》は知ってるみたいな感じだった」

「……おい、待て、なんで青葉《あおば》さんの名前が出てくるんだ？」

笑いながらも眉《まゆ》をひそめる久音に、八尋は淡々《たんたん》と答えた。

「今日《きょう》、池袋の街に出たたくさんの『ダークアウル』……あれ、殆ど、ブルースクウェアの人達だってさ」

「……はぁ!?　なんだそりゃ!?　なんの為《ため》に……」

「君に、ギャフンと言わせたかったんだって」

「ッ!?」

困惑《こんわく》する久音に、八尋は一つの疑問を口にする。

「ねえ、久音《くおん》君」

いつも通りの顔で、ただ、淡々《たんたん》と問いかけた。

「味村《あじむら》っていう人が通《とお》り魔《ま》だって、最初から知ってたの？」

♂♀

『約束通り、通り魔を捕《つか》まえたので、ブルースクウェアのメンバーである琴南《ことなみ》久音君に引き渡しておいた。後は知らない。借りは一つ返したぞ』

セルティからのメールを見た青葉《あおば》は、苦笑《くしょう》しながら呟《つぶや》いた。

「そう来たか」

確かに青葉の要望には応《こた》えている。

恐らく、今の久音とブルースクウェアの微妙《びみょう》な関係を見ぬいての行動だろう。

「っていうか、セルティさん、久音がうちのメンバーだって知ってたのか……。意外《いがい》とそういうの目ざといんだなあ、あの人」

「つーか、マジで久音どうすんだよ。アイツ、今回は流石《さすが》にやりすぎじゃね？」

「下手《へた》すりゃ、ブルースクウェアまで泥被《どろかぶ》る事になんぜ」

仲間達の言葉に、青葉は楽しげに言葉を返した。

「いいじゃん。それ以上の泥を自分達で今日《きょう》被ったろ？」

「おお、ちょっとしたニュースになってたけどよ……。あのネタ、久音の姉《ねえ》ちゃん、いくらで買ってくれるかな」

「ヨシキリもよくやってくれたよ。後で労《ねぎら》いの電話をしてやらなきゃな」

カラカラと笑いながら、今日の『仕事』について語る青葉達。

「まったく、久音の奴《やつ》、今頃《いまごろ》どんな面《つら》してるかね」

「さあね、俺達じゃなくて『アンダーラーズ』の仕業《しわざ》だとでも思ってたんじゃないか？　まさか、俺らがもう久音を通り越して、望美《のぞみ》さんと直《じか》で『ヤラセ』のやりとりしてるだなんて思わないだろうしな」

青葉は後輩《こうはい》が悔《くや》しがる顔を想像《そうぞう》しながらジュースを飲み、更《さら》に言葉を付け加えた。

「ま、あいつがどうなるかは……後は、あいつの友達次第《しだい》さ」

「とりあえず、あいつのしでかした事は全部教えてやったからね」

♂♀

「青葉《あおば》さん……俺《おれ》のやったこと、全部気付いてたってのか？」

「先月ぐらい……例の狂言誘拐《きょうげんゆうかい》事件の後から、ずっと君の事を監視《かんし》してたらしいよ？　こっそりとね。ネット上でも青葉さんが色々と監視してたみたいだよ」

「何それ怖《こわ》い。ストーカーじゃねえかよ」

冗談《じょうだん》めかして言う久音《くおん》だったが、無表情なままの八尋《やひろ》を前に、顔から笑《え》みを消して言った。

「……で、俺《おれ》が、なんだって？」

「んー……詳しくは分からないけど、全部繋《ぜんぶつな》がったのは、ここ数日だって言ってた。多分君が把握《はあく》してた通《とお》り魔《ま》は味村《あじむら》っていう人だけで、むしろ、それに気付いた瞬間《しゅんかん》から、その後の事件を煽《あお》ってたんじゃないかって」

「……」

「味村さんっていう人のサイトで、仲間のフリをして色々と不良《ふりょう》の情報《じょうほう》を吹き込んだりしてた人がいるんだって。法螺田《ほらだ》さんの事とかも、如何《いか》に悪い人かを煽ってて、どうもそれが久音君じゃないかって青葉さんは言ってた」

図星《ずぼし》だった。

久音が味村について知ったのは、セルティに語ったのと同じ経緯《けいい》だ。

だが、知った時期が違う。

彼が姉から味村が怪《あや》しいと聞かされたのは、遊馬崎《ゆまさき》達から依頼されるよりも前の事だった。

通り魔の犯人を知っている。

このアドバンテージを利用して、何かできないか？

あるいは、通り魔の行動を自分の手で操《あやつ》り、誰《だれ》か特定の人間を攻撃《こうげき》させる事はできないだろうか？

目的などはなかった。

敢《あ》えて言うならば、通り魔の行動をコントロールする事そのものが目的だったと言える。

その手段が自分に使えるかどうか。それを確認《かくにん》する事が、久音の最大の目的だった。

試金石《しきんせき》のつもりだったのだ。

自分が折原臨也になれるかどうか。その資質《ししつ》を確かめる為《ため》の。

それを再確認した久音は、笑《え》みを消したまま、ジッと八尋を睨《にら》み付ける。

「ああ、そうさ」

「……」

「俺《おれ》は、連休前からとっくに知ってたんだよ。ついでに言うなら、法螺田《ほらだ》って人に敵意《てきい》が向くように煽《あお》ったのも俺だ」

そこまでは、面白い程に計画通りだった。

久音《くおん》はしれっとした顔で遊馬崎《ゆまさき》達の依頼を受け、犯人を知りながら、八尋《やひろ》達に仕事を持ちかけたのである。

ブルースクウェアや八尋に対して必要以上に介入《かいにゅう》してきそうだった邪魔者《じゃまもの》である法螺田を通《とお》り魔《ま》に狙《ねら》わせる事にも成功した。半分は八百長《やおちょう》のようなものであり、そのまま犯人を『スネイクハンズ』と化した八尋が捕《つか》まえれば、『スネイクハンズ』の名も売れるし、法螺田に対して逆に恩《おん》を売る事もできるだろう。

そう考えていた所で——予想外の出来事が起こったのである。

第三者の介入。

もう一人の通り魔が現れ、法螺田を襲《おそ》う事を手助けしたのである。

あれがどのような存在かはどうでもいい。問題は、自分のコントロール外の人間が、味村《あじむら》という男に影響《えいきょう》を与えた事だった。

何か危険な香りを感じた久音は、一度介入をやめる事にして、様子《ようす》を見る事にする。

すると、どうも味村が平和島静雄《へいわじましずお》を探り出したので、久音はそのまま手も口も出さず、味村が静雄を襲《おそ》うのを待つ事にした。

味村が静雄に何かできよう筈《はず》もない。

勝手《かって》に返り討《う》ちに遭《あ》ったところを、遊馬崎達に引き渡して今回の件は終わりだ。

しかし、味村は静雄ではなく、その上司《じょうし》である田中《たなか》トムの方を襲ってしまう。

その現場も『監視《かんし》』していた久音は、この時点でもはや味村はコントロール不可能だと判断《はんだん》した。

だからこそ、久音はセルティを使って、味村を急ぎ排除《はいじょ》する事にしたのである。


「で？　本当ならどうだっていうんだ？」

久音は、開き直った。

誤魔化《ごまか》そうと思えば誤魔化す事もできたのかもしれないが、黒沼青葉《くろぬまあおば》がどこまでこちらの行動の証拠《しょうこ》を押さえているのか分からない以上、あまり意味のある行為とは思えない。

「俺が通り魔を知ってて、法螺田って奴《やつ》や平和島静雄の先輩《せんぱい》がやられんのを見て見ぬふりしてたって言うなら、お前、どうする気なんだよ」

——そうだ。

——折原臨也《おりはらいざや》みたいになろうと決めた自分が、八尋に何を取り繕《つくろ》う必要がある？

——嫌《きら》われて蔑《さげす》まれて、憎《にく》まれるのが普通だろ？

――ああ、そうだ。俺《おれ》が臨也《いざや》だとすれば、こいつが平和島《へいわじま》静雄《しずお》ってわけか。

――いいさ、それも悪く無い。

このまま目の前の少年と殺し合いになっても構うまい。

久音《くおん》はそんな事を自分に言い聞かせながら、相手の言葉を待った。

ところが――

「良かった」

「……は？」

「いや、それだけ確認《かくにん》しておきたかったんだ。本当の事ならいいんだ、ありがとう」

安堵《あんど》したように頷《うなず》く八尋《やひろ》を見て、久音は一瞬《いっしゅん》ポカンと口を開け、続いて、苛立《いらだ》つように歯を嚙《か》みしめた後に口を開く。

「……何がいいんだよ。お前、わざわざ俺んちまで、何しに来たんだよ」

すると八尋は、世間話《せけんばなし》をする時とまったく変わらない調子で答えた。

「もしも違うなら、すぐに黒沼先輩《くろぬませんぱい》の所に行って、『違いますよ』って言わなきゃと思ってさ」

「……はぁ？」

想定外《そうていがい》の答えに対し、久音は思わず苛立ちすら忘れかけてしまう。

だが、それに続いた八尋の言葉で、彼は全て納得《なっとく》した。

「誤解《ごかい》が広まるっていうのは、辛《つら》い事だからさ。でも、本当の事ならいいんだ。君が、自分で望んでるっていうなら、俺が口出す事じゃないよ」

八尋はかつて、自らが望まない『化け物《ばもの》』という噂《うわさ》が広まった事で孤独《こどく》で危険な少年時代を過ごす事となった。彼は単純に、

——こいつ……。

——本当に、ただ、それだけの為《ため》に？

「それでいいのかよ、お前」

「何が？」

「お前は、俺みたいな悪党が目の前にいて、それをどうにでもできる力を持ってるのによ、ただなあなあで、放っておくつもりかよ！　他人事《ひとごと》みたいによ！」

「……」

「それとも……」

久音は、そこでハッと口を噤《つぐ》んだ。

——俺、今……何を言おうとした？

——「それとも……俺の事なんかどうでもいいっていうのかよ」

そんな言葉が口から出そうになっていた事に気付いた久音は、そこで本当に青ざめた。

黙《だま》り込んでしまった久音を前に、八尋は今しがた言われた事を暫《しば》し考え——

やがて、少しずつ考えが纏《まと》まった事から言葉へと変えていく。

「あー……久音《くおん》君ってさ、折原臨也《おりはらいざや》って人みたいになるつもりなんだよね？」

「姉《ねえ》ちゃんのお喋《しゃべ》りめ。……だからどうしたんだよ」

「それ、意味ないんじゃないかな？」

「……はぁ？　どういう意味だよ」

苛立《いらだ》たしげに眉《まゆ》を顰《ひそ》め、八尋《やひろ》に詰め寄る久音。

ケンカでは勝ち目は無いとは知りつつも、そこは引き下がるわけにはいかない一線だった。

「俺《おれ》が、間違ってるってのか？　姉ちゃんを救いたいってのは、そんなに間違った事か？」

「それは間違ってないと思う。だけど、やり方が違うんだと思う」

「……」

ハッキリと言い放った八尋を前に、逆に久音が言葉に詰まった。

「上手《うま》く言えないけど……これはさ、単純に、俺が疑問に思ってるだけなんだけど……折原臨也って人が居なくなって、お姉さんが大変な事になったんだよね？　だから、昔のお姉さんに戻そうとして、自分が折原臨也になるって……久音君はそう決めたんだよね？」

「……ああ」

「でもさ……それって、君が死んだらどうするの？」

「……え？」

不意打《ふいう》ちのような問い掛けだった。

八尋は、目を丸くしている友人に、真剣に考えながら一つずつ言葉を紡《つむ》いでいく。

「君が居なくなったら、折原臨也って人が居なくなった時と同じ事になっちゃうんじゃないのかな……君のお姉さん。それじゃ、お姉さん、君が居なくなった後に、どうすれば幸せになれるのかなって……」

「……」

「だから、久音君がいなくなってからも本当にお姉さんが一人で生きていけるようにするにはさ……久音君は、折原臨也って人になるんじゃダメだと思うんだ」

本人も自分の言っている事が正しいかどうか自信は無いようで、間違った事を言っていないか怯《おび》えているようだったが、それでも、八尋は真《ま》っ直《す》ぐに久音を見て自分の意見を述べ続けた。

「やっぱり上手く言えないんだけど……折原臨也よりも凄い人になるしかないんだと思う。本当の意味で、お姉さんを幸せにできる人になるしかないんじゃないかな」

最後に、自分自身の言葉に『本当にそうだろうか？』と首を傾《かし》げて、もっと良い答えが無いかと考え続けている八尋。

そんな彼を見て、久音は暫《しば》し沈黙《ちんもく》する。

そして、顔から苛立ちを消し、小さく笑いながら言葉を返した。

「……もういい。帰れよ」

「あ、ゴメン？　変なこと言ってたかな、俺」

「ああ、帰れ。言ったろ、俺《おれ》はお前のそういうお人好《ひとよ》しな所が嫌《きら》いだって」

「……そっか、ごめん」

相変わらずの無表情ではあったが、僅《わず》かに申《もう》し訳《わけ》なさそうに俯《うつむ》いた後、八尋《やひろ》はそのまま久音《くおん》に背を向けた。

「あ……」

その背に何か声を掛けようとするが、久音は上手《うま》く言葉にできない。

八尋の歩みがもう止まらないと分かった時点で、久音の顔から作り笑いが消え、泣きそうな目をしながら口を開いた。

「……待てよ」

「なに？」

八尋が振り返った時には、久音の顔はいつものにやついた表情に戻っている。

そして、いつも通りの軽い調子で言った。

「お前、こないだ言ったよな？　いつでも俺を殴《なぐ》る覚悟《かくご》してるってよ」

「うん」

いつも通りのまま、久音は、その言葉を口にする。

「今がその時だ。殴って俺を止めてくれ」

次の瞬間《しゅんかん》——

「わかった」

プロボクサーを彷彿《ほうふつ》とさせる八尋の鋭い右ストレートが、僅《わず》かに顔を背けていた久音の右頬《みぎほお》に突き刺《さ》さった。

久音は派手《はで》に吹き飛び、屋上《おくじょう》の柵《さく》に背中から激突《げきとつ》する。

そして、痛みを感じるよりも先に、意識《いしき》を深い闇《やみ》の中へと埋没《まいぼつ》させた。

♂♀

20分後

久音が目を醒《さ》ますと、自分の顔面が鈍くも激しい痛みに包まれている事に気が付いた。

空には星空が広がっているが、街のネオンに隠《かく》され、満天《まんてん》の星空というわけでもない。

ふと横を見ると、そこには屋上に寝転《ねころ》んでいる久音と並ぶ形で、八尋が柵に背を預けながら座っていた。

「大丈夫《だいじょうぶ》？」

「あいっ痛ッ……」

動こうとすると、顔面に痛みが走る。口の中には、生ぬるい鉄錆《てつさび》の味が広がっていた。

「お前……手加減《てかげん》とか……しねぇのな」

「うん。笑ってたけど、目は本気《ほんき》だと思った。だから、俺《おれ》も本気でやらなきゃと思って……」

あっさりとそう答える八尋《やひろ》に、久音《くおん》は痛みを堪《こら》えながら無理《むり》に笑う。

「下手《へた》すりゃ死んでたぞ、バカ野郎《やろう》……」

口から何かを手に吐き出す久音。そこには、大量の血と共に、折れた歯が二本転がっていた。

「折れてる」

「ああ、すぐに歯医者に行った方がいいね」

八尋はそう言いながら、自らの手の甲《こう》をさする。

そこにある無数の傷痕《きずあと》が、叩《たた》き折った他人の歯が刺《さ》さった痕だと久音は知っているのかいないのか、呻《うめ》きながら八尋に愚痴《ぐち》を漏《も》らす。

「つくぁ……ぐ……。ったく、お前さ……不器用《ぶきよう》過ぎだろ」

するると八尋は、首を傾《かし》げながら答えた。

「久音君も相当だと思うよ？」

「……あのよ、こんだけ容赦《ようしゃな》無くぶん殴《なぐ》った相手に……君づけってのもあれだろ。呼び捨てでいいよ……。こっちが気持ち悪ぃや」

「そういうものかな？」

「そういうもんだぞ？」

首を傾《かし》げる八尋に、顔面が軋《きし》むのを我慢《がまん》しながら首を傾げ返す久音。

八尋はそんな久音の言葉を聞き、大まじめな顔で頷《うなず》いた。

「分かった、これからは久音って呼ぶよ」

そして八尋は、大まじめな顔で久音に一つ問い掛ける。

「姫香《ひめか》ちゃんの事も、姫香って呼んでも大丈夫《だいじょうぶ》かな」

「それは……なんか……個人的に許さねえ」

「そっか……ゴメン。なんで久音が怒るのかは分からないけど」

シュンとした調子の八尋を見て、痛みに耐えながら、久音はただ、笑い続けた。

笑いを絶やしてしまったら、泣いてしまいそうな気がして。

不器用な少年は、くすんだ星空を見上げながら、いつまでも、いつまでも笑い続けた。

エピローグ

エピローグ

翌日　新羅《しんら》のマンション

連休明けの昼。

午後のワイドショーでは、通《とお》り魔《ま》が『三人』緊急逮捕《きんきゅうたいほ》されたと伝えられていた。

そのうちの二人は模倣犯《もほうはん》であり、一人は自称《じしょう》『アブピ』ファンでありながら、ファンの間では狂信者《きょうしんしゃ》と嫌《きら》われていた男。もう一人は、『アブピ』をネット上などで徹底的《てってい》に攻撃《こうげき》し、マスコミ各社に対しても声明文《せいめいぶん》を発表していた女性だった。女性の方には彼女が組織《そしき》した団体内に共犯者《きょうはんしゃ》がいる可能性もあると見て、警察は捜査《そうさ》を続けているらしい。

彼らは共に怪我《けが》をして何かに酷《ひど》く怯《おび》えており、『首無《くびな》しライダーは通り魔だ』『悪魔《あくま》が現れた』などと意味不明《ふめい》な事を繰り返している事から、警察は危険ドラッグ等の違法《いほう》薬物を使用している可能性も視野《しや》に入れて取り調べを続けているという。

しかし、世間《せけん》を驚かせたのは、ほぼ同時に警察の捜査によって『最初の通り魔』の犯人も逮捕されたという点だった。

犯人はキャバクラの新人ホステスであり、自分を過去に盛大に振った男が、同じ店のホステスと付き合っている事を知り、たまたま家にあった顔を隠《かく》せる服装《ふくそう》で二人を襲撃《しゅうげき》したという事だった。

『結局、真犯人《しんはんにん》が捕《つか》まってみればこんなオチだったとはな』

事の顚末《てんまつ》を知り、セルティは呆《あき》れたように肩を落とした。

「漫画《まんが》の影響《えいきょう》もへったくれもない、人間の嫉妬《しっと》って怖《こわ》いねって話だよ」

『でも、結局その女がアブピのファンだったのは確かなんだろう？　やっぱりアブピは叩《たた》かれる事になるんじゃないのか？』

「どうかな。模倣犯《もほうはん》の二人が『マスコミの報道《ほうどう》を見て思いついた』みたいな証言《しょうげん》もしてるみたいだから、あまり突くと自分達に返ってくるだろうし、それこそ『なかった事』にすると思うよ？　第一、アブピ反対派のリーダーが通《とお》り魔《ま》の一人だったわけだしね」

『嫌《いや》な世の中だ。まあ、確かに、今回の件で真犯人がホステスだったからって、ホステスが叩かれるわけじゃないだろうしな』

セルティの紡《つむ》いだ文章に、新羅《しんら》が笑いながら言った。

「ああ、そうだね。叩かれるべきは人間の嫉妬って奴《やつ》さ。僕の中にだってある人間の原罪《げんざい》だよ」

『私が浮気《うわき》でもしたら、新羅もコスプレして殴《なぐ》りに来るのか？』

「そんな事はしないよ。僕もここ数日で落ち着いたからね」

確かに穏《おだ》やかな顔つきになってる新羅に、セルティが尋《たず》ねた。

『じゃあどうするんだ？』

「……泣くね、かなり本気《ほんき》で、泣きわめくね。池袋《いけぶくろ》の駅前で真《ま》っ昼間《ぴるま》から、大の大人《おとな》が号泣《ごうきゅう》してセルティの名前を呼び続ける事になるよ？」

『見てる方がいたたまれないからやめろ！　……って、待て、前にもこんな会話をした記憶《きおく》があるぞ……』

そんな文字を打ち込みながら、セルティは安堵《あんど》する。

旅行から帰ってきてから暫《しばら》くドタバタとしていたが、やっと、いつも通りの『自分らしい日常』が戻って来たのかもしれないと。

テレビで通《とお》り魔《ま》逮捕《たいほ》のニュースが広まるのと同時に、ネットでは、『ダークアウル』の集団が池袋駅前に現れた事について騒《さわ》ぎになっていた。

セルティはそんな記事を見ながら、新羅に尋《たず》ねる。

『これは、誰《だれ》の仕業《しわざ》なのかな？　結局誰も傷つけずに、警察が来たら逃げたらしいから、ただの悪戯《いたずら》だとは思うけど』

すると、新羅は少し考え、僅《わず》かに嫌な顔をしながら自分の推測《すいそく》を口にした。

「まあ、どうせ青葉《あおば》君達辺りだろ？　セルティの話だと、最近ブルースクウェアはネットのまとめサイトと組んでやらせとかやってるんだろう？　その一環《いっかん》じゃない？」

新羅《しんら》の推測《すいそく》は完全に的《まと》を射《い》ていたのだが、それをすぐに証明《しょうめい》する手段を彼らは持ち合わせていない。

『アンダーラーズっていう連中《れんちゅう》の自称《じしょう》アート活動なんじゃないか？』

「やっぱり魔性《ましょう》の妖槌《ようつい》『蛮軟陣《ばんなんじん》』の仕業《しわざ》じゃ……」

『ま、まさか、宇宙人《うちゅうじん》の陰謀《いんぼう》って事はないよな？』

様々《さまざま》な可能性の議論《ぎろん》を交わしながら、セルティはふと、久音《くおん》の事を思い出した。

——しかし、また色々こじらせた子だったな、彼も陰謀とか好きそうだ。

——臨也《いざや》といい、帝人《みかど》君といい、青葉君といい、久音君といい、来良《らいら》には黒幕気質《くろまくきしつ》の奴《やつ》が入るっていうジンクスでもあるんだろうか。

——まあ、でも、久音君なんかは、臨也に比べればかわいいもんだ。

——なにしろあいつときたら、高校の頃《ころ》からずっと静雄《しずお》と街で暴《あば》れ……。

そこまで考え、今度はセルティの心が真《ま》っ青《さお》になった。

『静雄のこと、忘れてた！』

「えッ？」

『通《とお》り魔《ま》、狩沢《かりさわ》達に引き渡しちゃったよ！』

先刻《せんこく》までの安穏《あんのん》とした空気を一転させ、セルティは陰鬱《いんうつ》な気分でソファーの上に倒れこんだ。

『あああ、なんて言って謝ろう……』

♂♀

来良学園　放課後《ほうかご》　屋上《おくじょう》

「眠そうだね、八尋《やひろ》君」

「そうかな」

「そうだよ？」

首を傾《かし》げる八尋に、姫香《ひめか》が無表情のまま答えた。

屋上の隅《すみ》に座り、これまでの経緯《いきさつ》を話す八尋。

久音の事は伏せていたが、通り魔との戦いなどについては包み隠《かく》さず話していた。

「ふーん……でも、なんでその女の人が通り魔だって分かったの？」

「うん……こっちを見て、なんていうのかな、殺気《さつき》っていうか……なんか、凄《すご》くこっちを殴《なぐ》ってきそうな気配《けはい》を出してたから……。てっきり、俺《おれ》かなって思ったんだ。俺が秋田《あきた》にいるときに良く向けられてた視線だったからさ」

八尋《やひろ》は、もしや先日の狂言誘拐《きょうげんゆうかい》事件で正体がバレて、犯人の一味《いちみ》に逆恨《さかうら》みされたのではないか、あるいは、秋田《あきた》にいた頃《ころ》にその女性の家族に怪我《けが》をさせてしまっていて、その怨恨《えんこん》ではないかと考えていた。

しかし、遊馬崎《ゆまさき》達と別れた後に、その敵意《てきい》のある視線が無くなった事から、もしかしたら遊馬崎か狩沢《かりさわ》が狙《ねら》われていたのではないかと思い、本当に通《とお》り魔《ま》であろうとなかろうと様子《ようす》を見に行った方がいいと考えたのである。

「昔、あれと同じ目をした人が、俺に向かって火炎瓶《かえんびん》を投げてきた事があってさ……だから、遊馬崎さん達の事が心配だったんだ」

「じゃあ、たまたまそういう人と目があったんだ」

「？　いや？　周りの人を全員見てたから、見つけた感じだったけど……」

「え？」

きょとんとする姫香《ひめか》に八尋が言った。

「いや……子供の頃から街中《まちなか》でもよく襲《おそ》われたから……目に映る人は、ほぼ全員顔を見て観察する癖《くせ》があるんだ」

あっさりと言う八尋に、姫香が呆《あき》れながら言った。

「それ、街を歩く時、すれ違う人が全員敵かもしれないって警戒《けいかい》してるって事？　っていうか、今も、屋上《おくじょう》にいる人が襲いかかってくるんじゃないかって警戒して見たりしてるの？」

「うん」

あっさりと頷《うなず》く八尋に、姫香は溜息《ためいき》を吐き出し、小さく笑う。

「君、やっぱり変わってるよ」

「そうかな」

「そうだよ？」

首を傾《かし》げる八尋に、優しく頷く姫香。

「そっか……やっぱり俺、変なのかな？」

そんな彼女に、八尋は更《さら》に一つ相談した。

自分が、通《とお》り魔《ま》と戦っている間に感じた殺意《さつい》の事と——その状況を楽しんでいた自分の事を。

話を最後まで真面目《まじめ》に聞いた姫香は、少し考えた後に口を開いた。

「例えばだけど、今、私を殴《なぐ》ったり殺したりしたら、楽しいと思う？」

「まさか」

「久音《くおん》君なんかは？　今屋上にいる、君が観察した他のみんなはどう？」

「想像《そうぞう》したくもないよ」

真剣に答える八尋に、姫香は言った。

「じゃあ、今はそれでいいと思うよ」

「そうかな」

「私も心理学《しんりがく》に詳しいわけじゃないけど、君には、相談できる人がたくさんいるんだから、溜《た》め込まないで話を聞いて貰《もら》うだけでも何か変わるんじゃない？」

無表情に見えるが、彼女なりに真剣に八尋《やひろ》を案じての言葉だったのだろう。

そんな彼女の温《あたた》かみを感じて、八尋は僅《わず》かに微笑《ほほえ》みながら頷《うなず》いた。

「……そうだね、ありがとう。久音《くおん》にも相談してみるよ」

「あれ、呼び捨てするようになったんだ」

「うん、色々あってね」

八尋はそう口にした後、ふと、久音の事を心配する。

——今日《きょう》、歯医者にいくから学校休むとは言ってたけど……大丈夫《だいじょうぶ》かな。

と、自分が殴《なぐ》った怪我《けが》が元で、どこかで倒れてはいないかと。

♂♀

池袋某所《いけぶくろぼうしょ》　公園

実際、久音は倒れていた。

しかし、八尋の一撃《いちげき》が原因ではない。

まったく別の男に殴《なぐ》られ、地面に伸びていたのである。

数分前——

久音は、公園で休憩《きゅうけい》していた静雄《しずお》と、頭に包帯《ほうたい》を巻いていたトムの前に立っていた。

「よう、静雄さんと……トムさんだっけ？　頭の怪我、大変だったね」

「あぁ？　お前、確か八尋って奴《やつ》の連れじゃねぇか」

訝《いぶか》しむ静雄の横で、トムが久音に尋《たず》ねた。

「……なんで俺の怪我のこと知ってるんだ？」

「当たり前だろ？　通《とお》り魔《ま》を唆《そそのか》して、あんたを襲《おそ》わせたのは俺なんだから」

あっさりと言い放った。

そして、静雄に対して久音は、ペラペラと自分から経緯《いきさつ》を話したのである。

自慢《じまん》げに、できる限り相手を怒らせるように、弟の事まで持ち出して。

結果として、案《あん》の定《じょう》平和島《へいわじま》静雄は怒りを爆発《ばくはつ》させた。

自分に迫る静雄の姿《すがた》を見ながら、これでいいと久音は考えていた。

これは自分なりのケジメだと。

法螺田《ほらだ》については最初から敵として認識《にんしき》していたので謝る気もない。そこまで『善人《ぜんにん》』になるつもりはさらさらなかった。ただ、無関係のトムを巻き込んだ事に関しては、それなりのケジメをつけなければ『黒幕《くろまく》』を気取ろうとしている自分の矜持《きょうじ》に反する。

そして——折原臨也《おりはらいざや》を超える事など、永遠にできはしないだろう。

彼なりの覚悟《かくご》を決めての行動だった。

——もしもこれで死んだら……ごめんよ、姉《ねえ》ちゃん。

静雄《しずお》のプレッシャーに姉の顔を思い浮かべ——

結果としてその直後、久音《くおん》は地面に倒れる事となる。

しかしそれは、静雄の必殺《ひっさつ》の一撃《いちげき》によるものではなかった。

横から突然トムが割り込み、思い切り久音の顔面を殴りつけたのだ。

八尋にやられた傷と上からねじ込まれた一撃。不意《ふい》をつかれた事もあって、久音はその一撃をもろに喰らってその場に崩《くず》れ落ちた。

「トムさん、なんで……」

驚く静雄の前で、トムは淡々《たんたん》と言った。

「こいつにやられたのは俺《おれ》だ。だから俺が殴《なぐ》った。何か問題あるか？」

いつものトムとは違う、有無《うむ》を言わせぬ視線。

その意図《いと》を汲《く》み取り、静雄は怒りを霧散《むさん》させながら首を振った。

「……いえ、ありません」

　そして、現在に到る。

「なあ、なんでわざわざ俺らの前に来た？　黙《だま》ってりゃそれで済んだ話だろうがよ」

　不可解《ふかかい》だとばかりに問うてくるトムに、久音は仰向《あおむ》けに倒れたまま答えた。

「……お節介な都市伝説に説得されたからだ……なんて言ったら、信じるかい？」

　久音としては、嘘《うそ》は言っていないが、精一杯《せいいっぱい》の挑発《ちょうはつ》のつもりだった。

　何故《なぜ》か答えを偽《いつわ》る気になれなかった久音だが、できる限り遠回しに、八尋《やひろ》を『スネイクハンズ』という都市伝説《としでんせつ》として扱う事で、真実を挑発へと変えて見せたのである。

　ふざけた答えだとしか思わないであろう言葉に、静雄が再び激昂《げっこう》するかと予想したが――

　取り立て屋の二人は互いに顔を見合わせ、納得《なっとく》したように頷《うなず》いた。

　そして静雄は、最後にこう言って去って行った。

「分かったよ、その都市伝説に免《めん》じて、今日《きょう》は勘弁《かんべん》してやる」

　二人が去った後、久音は公園に倒れたまま頬《ほお》をさする。

　――痛ぇ……。くそ、また歯が一本折れたかも……。

　――まあ、静雄に殴《なぐ》られてたら、本当に死んでたかもしれないけどな……。

「……あ？」

そこまで考え、久音《くおん》はトムが自分を殴《なぐ》った理由に気付く。

「俺《おれ》……もしかして、あのトムってオッサンに……庇《かば》われたのか？」

確かに、あの場でトムが先に久音を殴る事は、あの状態の静雄《しずお》を鎮《しず》める唯一《ゆいいつ》の方法だったかもしれない。

つまりあの男は、自分の怪我《けが》の原因となった久音を救ったのだ。

「くそ……畜生《ちくしょう》……畜生……ッ」

空を仰《あお》ぎ、その目を腕で隠《かく》しながら、久音はただ、自分の無力さを恥《は》じる。

そして、自分自身を戒《いまし》めるように、血が漏《も》れる口からその言葉を吐き出した。

「だから俺は……人間が嫌《きら》いなんだ」

♂♀

「……すんませんでした、トムさん」

「なんの事だ？」

「俺がやってたら、やりすぎなんて言葉じゃ済まない事になってたかもしれないっす。それに今思うと、あいつ、セルティに言われてケジメをつけに来たみたいですし」

「気にすんな。俺は、自分でケジメつけただけだ。本当はあの通《とお》り魔《ま》の野郎《やろう》本人をぶん殴って
やりたかったとこだが、それは警察に任せるさ」

肩を竦《すく》めながらそう言った後、僅《わず》かに顔を歪《ゆが》めて拳《こぶし》をさする。

「人殴るのなんざ久しぶりだからよ……折れちゃいないと思うが、すげえ痛くなってきたな」

自分の拳を眺《なが》めながら、溜息《ためいき》を吐くトムに、静雄が言った。

「それじゃ、またアイツに診《み》てもらいますか？　レントゲンはないっすけど」

♂♀

一時間後　新羅《しんら》のマンション

セルティが家に帰ると、丁度《ちょうど》静雄とトムが部屋から出る所だった。

「よう、セルティ」

『し、静雄！』

——しまった！　まだ心の準備ができていない！

——ええい、素直《すなお》に謝るしかないか……。

覚悟《かくご》を決めて、何か文字を打とうとしたセルティに対し、静雄《しずお》が深々と頭を下げた。

「ありがとよ。色々と、気を遣《つか》わせちまったみたいだな」

——え？

混乱するセルティに、トムも言った。

「いやあ、てっきりふん縛《じば》って連れてくるもんかと思ってたら、説得《せっとく》して自分から来させるとはな……大したもんだぜ、まったく」

——？？？

「まあ、もう仕事に戻んねえといけねえからよ。礼《れい》はまた、今度改めてさせてくれ」

何一つ理解できないセルティの肩をポンと叩《たた》き、静雄達は感謝《かんしゃ》の笑《え》みを浮かべて仕事先へと去って行った。

そして、ただ一人、何も事情を理解できていないセルティだけが玄関《げんかん》に取り残される。

——なッ……。

——何がどうなってるんだ!?

もしかしたら、自分が知らない間に何かの記憶《きおく》が抜け落ちているのではないだろうか？

UFOに攫《さら》われて記憶操作《そうさ》をされた可能性まで考え、ゲッソリとした状態で新羅《しんら》に泣きつく事になるのだが——

それはまた、別の話である。

デュラララ!!
SH

ネクストプロローグ

来良《らいら》学園　学食

一連の事件について、『アブピ』制作者である『WWW』は、次のようなコメントを残した。

『駅前に出たダークアウルの集団についてはノーコメントだ。しかし、一つだけ言える事がある。ダークアウルに影響《えいきょう》を受けて事件を起こした？　確かにそういう事もあるかもしれない。誰《だれ》の心にもダークアウルとザ・アウルはいる。悪と正義の心だ。天使《てんし》と悪魔《あくま》と同じようにな。だが、悪魔の誘惑《ゆうわく》に負けた奴《やつ》が人を殺したとして、誰が「聖書《せいしょ》を規制《きせい》しよう」と言える？　アブピは聖書の足元《あしもと》にも及ばない、単なる創作物《そうさくぶつ》に過ぎない。それを忘れないでくれ』

そんなコメントをスマートフォンで見ながら、折原舞流《おりはらまいる》が呆《あき》れたように青葉《あおば》に言った。

「結局、青葉っちのやったこと、アブピの宣伝《せんでん》に使われちゃったねー」

「ん……？　ああ……最初は『アンダーラーズ』が自分達のアートだって言い始めて、それをさらに上からかっさらっていった感じだなあ。……っていうか、誰《だれ》から聞いた⁉」

どこか上の空で答える青葉《あおば》に対し、昼食に同席していた舞流《まいる》と九瑠璃《くるり》が、不平を漏《も》らす。

「んもー！　久音《くおん》っちから聞いたよ！　通《とお》り魔《ま》だのなんだののせいで、私達みたいな『日中から着ぐるみパジャマで街を出歩く同盟《どうめい》』が痛い目で見られてるんだよー！　その偏見《へんけん》を助長したあの集団の正体がブルスクだったってどういう事なの！」

「……困《迷惑》……」

「ご、ごめんごめん。今度なんか埋《う》め合わせとして何か着ぐるみパジャマのイメージアップに勤《いそ》しむよ」

二人の文句《もんく》を聞きながらも、青葉の頭の中は別の不安で埋まっていた。

思い出されるのは、例の夜、ヨシキリと交わした電話である。

——「よう、ヨシキリ。お疲れ様。おかげで八尋《やひろ》の強さがハッキリと分かったよ」

——『あ？』

——「っていうか、お前もまさかあそこまで身軽だとは思わなかったよ。いくら避けるのに徹《てっ》してたとはいえ、八尋相手にあそこまでやるなんてさ。あれならお前も、平和島静雄《へいわじましずお》相手にいいとこまでいけるんじゃないか？」

——『なんの話してんだ？』

――「え……いや、だからさ……作戦《さくせん》通り、ヨシキリが通り魔のフリして八尋に襲《おそ》いかかって、その映像《えいぞう》を遠くからちゃんと撮《と》ってたって話だよ。最後、お前屋根《やね》に登って逃げたろ？」

――『あ？　メール見てねえのかよ』

――「？」

――『道に迷ったから帰って寝るって、ちゃんと連絡《れんらく》したろうがよ！』

言われた後に、遠くから隠《かく》し撮りしていた映像を見てみると――確かに、八尋と戦っている通り魔は、ヨシキリよりも遥かに速く動いているように感じる。そもそも、八尋の動きを客観的に見直すと、とてもヨシキリが対等に闘《たたか》える相手とは思えない。

――『スネイクハンズが通り魔を倒す！』って映像が欲しかったんだけどなあ。

ほんの些細《ささい》な小遣《こづか》い稼《かせ》ぎのつもりで撮った映像の中に、青葉は強い胸騒《むなさわ》ぎを感じていた。

それは同時に、彼にとってはヒリつくスリルでもあるのだが。

――あの『ダークアウル』の中身《なかみ》……一体誰《いったいだれ》だったんだ？

♂♀

都内《とない》某所《ぼうしょ》　貸事務所内

とあるビルの中にある、小さな貸事務所。

中央にある椅子《いす》には、相変わらず顔面に包帯《ほうたい》を巻いた四十万《しじま》が座っている。

しかし、今日《きょう》その傍《そば》に立っているのは、ミミズではない。

口元が破れた『ダークアウル』の着ぐるみパジャマを羽織《はお》る、一人の若い男だった。

「どうだった？　あの『スネイクハンズ』とかいう奴《やつ》は」

四十万の問いに、男はニイ、と笑いながら答える。

「いいよ、四十万さん。あいつ、強いよ、凄《すご》く強い！」

「そうか。通《とお》り魔《ま》どもを監視《かんし》してたら、思わぬ拾い物だったな」

まるで、最初から全ての犯人を監視してたとでもいうかのように、四十万は通り魔達に思いを馳《は》せる。

「元々極端《きよくたん》だった連中《れんちゅう》の背中を、俺《おれ》のクスリで後押ししてやったらどうなるのかと思って観察してたが……クスリを使う前に、行くところまで行ってたな。正反対の連中なのに、同じような道を辿《たど》るとは不思議《ふしぎ》なもんだ……」

感慨《かんがい》深く言う四十万に、背は高いが、まだ少年と言っても差し支えない年頃《としごろ》の男が言った。

「正反対でもないよ。みんなクズだったじゃん？」

カラコロと笑いながら言う少年に、四十万が答える。

「……ああ、そうだな。俺もお前も含めて、みんなクズだ」

「ほんとにねー」

無邪気《むじゃき》な調子の少年に対して、四十万は手もとに視線を落とした。

彼の手にはスマートフォンが握られており、そこには、青葉《あおば》が撮影《さつえい》したものとは別アングルからの、『ダークアウル』と『スネイクハンズ』が戦う姿《すがた》が映し出されている。

「なあ」

その映像《えいぞう》の中の『ダークアウル』の動きを見て、四十万は淡々《たんたん》とした調子で少年に尋《たず》ねた。

「お前、本当に人間か？」

「なにそれ、人間じゃない人を知ってるみたいな言い方じゃん」

「ああ、何人か知ってる。痛い目にもあった。お前はどうだ？　ジャミ」

「さあ？　俺にも分からないよ。でも……」

獣《けもの》のような眼光を覗《のぞ》かせつつ、ジャミと呼ばれた少年は、ただ笑った。

黒い影を纏《まと》った『都市伝説《としでんせつ》』と、その男が一瞬《いっしゅん》見せた殺意《さつい》を思い返しつつ――

少年はただ、幼《おさな》くも凶悪《きょうあく》な笑《え》みを浮かべ続けた。

「あいつなら、それを教えてくれるかもしれないね」

あとがき

次回予告！

『園原堂に入荷した怪しげな骨董品。それを転売して一儲けしようと企む久音だったが、その商品を狙う怪しい組織が現れた⁉　骨董の運搬を任されたセルティが巻き込まれる一夜の恐怖とは？　同じく一儲けを企む者達も次々と骨董品に忍び寄り、セルティの運命や如何に！　そして、ついにかつての噛ませ犬にすぎなかった筈の四十万が、大規模に動き出し……⁉』

『ひょんな事から楽影ジムが主催する【異種格闘技大会：未成年の部】に出場する事になってしまった八尋。賞金目当てで対戦相手の情報収集を試みる久音を余所に、八尋は知らぬ間に注目選手となっていった。だが、そんな八尋の前にジャミと名乗る謎の少年が立ちはだかる。一方久音は、麗貝《リーベイ》が出場する一般部門の格闘技大会の裏で、策謀を巡らせている謎の組織がいる事に気付いたのだが――その魔の手が、何故か姫香と新羅の身に迫る⁉』

の、どちらかをお届けするかもしれませんし、しないかもしれません！

……すいません。完全に未定です。

まあ、その、どちらの話をやるにせよ、もしくはまったく関係ない話をやるにせよ、ネクストプロローグに出て来た謎の少年は絡んで来ると思いますので、今後とも【首無しライダーのいる池袋】の日常をお楽しみ頂ければ幸いです！

というわけで、成田です。

SH×3の『アウル・オブ・ザ・ピーピングデッド』には特定のモデルとなる作品はありませんが、作品のファンにしろ作品が嫌いな人にしろ、『行きすぎた人達』が実際に現れたら怖い話だなーと思いながら書いておりました。

どんな作品であろうと、例え悪気がなくとも、ファン同士の集いのオフ会等でヒートアップして暴行沙汰や罵り合いなどが起こったりしませんようにと願っております。

その一方で『このアウル・オブ・ザ・ピーピングデッドって実写映画化までする人気作で羨ましいな……』と自分で自分の作品に嫉妬している今日この頃です。つまり、一番現実と虚構の区別がついていないのは私だったというオチ……。

みなさんは、どうか私のようにならないように気を付けて下さい……！

さて、この本が発売する2015年1月10日より、なんと『デュラララ!!』アニメの新シリーズが放映開始となっております！

や、第2期の企画が立ち上がってから、ここまで本当に長かったです……感慨無量です！

そして、分割3クールという、始まってからもまた長い道のりとなるかと思います。

既に最終話まで脚本はチェックさせて頂いているのですが、原作では冗長だった部分などがスマッシュアップされ、テンポ良い展開で3クールに納められておりました！

私も制作過程のアニメスタッフの皆さんや、アフレコで直に声をお聞きした声優さん達の気合いの入り方を見て、「あ、まずい。これはまずい。凄いものが出来るぞ、『デュラララ!!』が根こそぎ……アニメに……持って行かれる！」と危機感を覚えたりしております。

このあとがきを書いている時点では、まだ一話は目にしていませんが、私も一視聴者として読者の皆さんと共にアニメを最大限に楽しみたいと思います！

そして、原作者としてアニメに負けぬように小説を頑張って書いていきますので、どうぞ宜しくお願いします！

また、今月29日にはPS Vita版の新作ゲーム『デュラララ!! Relay』が発売となります！ Gファンタジーで始まったあおぎりさんの手による『デュラララ!! RE;ダラーズ編』をはじめとする各種コミカライズも合わせ、様々な形で広がるデュラララ!!シリーズをどうぞ宜しくお願いします！

ここからは半分宣伝なのですが――

今月、電撃で初めて『二冊同時刊行』に挑戦させて頂きました！

『Fate/strange Fake』という、『Fate』シリーズのスピンオフを電撃文庫からシリーズ化させて頂く運びとなりましたので、そちらも合わせてどうぞ宜しくお願い致します！

最後に、御礼関係となります。

二冊同時発売という地獄スケジュールにお付き合いさせてしまった、担当の和田《ばびお》さんと阿南さんを始め、ＡＭＷに印刷所の皆さん、本当に申し訳ありませんでした……！

いよいよ始まったアニメ企画を初めとして、様々な媒体のメディアミックスで『デュラララ!!』の世界を作り上げていって下さっている皆さん。

いつもお世話になっております家族、友人、作家さん並びにイラストレーターの皆さん。

私を軽く超える凄まじい仕事量の中、まったく疲れも見せぬ素晴らしいイラストを描いて下さったヤスダスズヒトさん。

そして何より、『デュラララ!!ＳＨ』の物語の続きを手にとって下さった皆さんへ。

本当にありがとうございました！　今後とも宜しくお願いします！

２０１４年11月　成田良悟

◉成田良悟著作リスト

「バッカーノ！ The Rolling Bootlegs」（電撃文庫）
「バッカーノ！1931 鈍行編 The Grand Punk Railroad」（同）
「バッカーノ！1931 特急編 The Grand Punk Railroad」（同）
「バッカーノ！1932 Drug & The Dominos」（同）
「バッカーノ！2001 The Children Of Bottle」（同）
「バッカーノ！1933〈上〉THE SLASH ～クモリノチアメ～」（同）
「バッカーノ！1933〈下〉THE SLASH ～チノアメハ、ハレ～」（同）
「バッカーノ！1934 獄中編 Alice In Jails」（同）
「バッカーノ！1934 娑婆編 Alice In Jails」（同）
「バッカーノ！1934 完結編 Peter Pan In Chains」（同）
「バッカーノ！1705 The Ironic Light Orchestra」（同）
「バッカーノ！2002【A side】Bullet Garden」（同）
「バッカーノ！2002【B side】Blood Sabbath」（同）
「バッカーノ！1931 臨時急行編 Another Junk Railroad」（同）
「バッカーノ！1710 Crack Flag」（同）
「バッカーノ！1932-Summer man in the killer」（同）
「バッカーノ！1711 Whitesmile」（同）

「バッカーノ！1935-A　Deep Marble」（同）
「バッカーノ！1935-B　Dr. Feelgreed」（同）
「バッカーノ！1931-Winter　the time of the oasis」（同）
「バッカーノ！1935-C　The Grateful Bet」（同）
「バウワウ！　Two Dog Night」（同）
「Mew Mew！　Crazy Cat's Night」（同）
「がるぐる！〈上〉Dancing Beast Night」（同）
「がるぐる！〈下〉Dancing Beast Night」（同）
「5656！　Knights' Strange Night」（同）
「デュラララ!!」（同）
「デュラララ!!×2」（同）
「デュラララ!!×3」（同）
「デュラララ!!×4」（同）
「デュラララ!!×5」（同）
「デュラララ!!×6」（同）
「デュラララ!!×7」（同）
「デュラララ!!×8」（同）
「デュラララ!!×9」（同）

「デュラララ!!×10」(同)
「デュラララ!!×11」(同)
「デュラララ!!×12」(同)
「デュラララ!!×13」(同)
「デュラララ!! 外伝!?」(同)
「デュラララ!!SH」(同)
「デュラララ!!SH×2」(同)
「デュラララ!!SH×3」(同)
「ヴぁんぷ!」(同)
「ヴぁんぷ!Ⅱ」(同)
「ヴぁんぷ!Ⅲ」(同)
「ヴぁんぷ!Ⅳ」(同)
「ヴぁんぷ!Ⅴ」(同)
「世界の中心、針山さん」(同)
「世界の中心、針山さん②」(同)
「世界の中心、針山さん③」(同)
「Fate/strange Fake ①」(同)
「オツベルと笑う水曜日」(メディアワークス文庫)

本書に対するご意見、ご感想をお寄せください。

電撃文庫公式ホームページ 読者アンケートフォーム
http://dengekibunko.dengeki.com/
※メニューの「読者アンケート」よりお進みください。

ファンレターあて先
〒102-8584　東京都千代田区富士見1-8-19
アスキー・メディアワークス電撃文庫編集部
「成田良悟先生」係
「ヤスダスズヒト先生」係

初出 ……………………………………………………

本書は書き下ろしです。

電撃文庫

デュラララ!!SH×3

成田良悟《なりたりょうご》

発　行　2015年1月10日　初版発行

発行者　塚田正晃
発行所　株式会社KADOKAWA
〒102-8177　東京都千代田区富士見2-13-3
プロデュース　アスキー・メディアワークス
〒102-8584　東京都千代田区富士見1-8-19
03-5216-8399（編集）
03-3238-1854（営業）
装丁者　荻窪裕司 (META＋MANIERA)
印刷・製本　加藤製版印刷株式会社

ISBN978-4-04-869169-7　C0193　Printed in Japan

電撃文庫　http://dengekibunko.dengeki.com/
株式会社 KADOKAWA　http://www.kadokawa.co.jp/

電撃文庫創刊に際して

文庫は、我が国にとどまらず、世界の書籍の流れのなかで〝小さな巨人〟としての地位を築いてきた。古今東西の名著を、廉価で手に入りやすい形で提供してきたからこそ、人は文庫を自分の師として、また青春の想い出として、語りついできたのである。

その源を、文化的にはドイツのレクラム文庫に求めるにせよ、規模の上でイギリスのペンギンブックスに求めるにせよ、いま文庫は知識人の層の多様化に従って、ますますその意義を大きくしていると言ってよい。

文庫出版の意味するものは、激動の現代のみならず将来にわたって、大きくなることはあっても、小さくなることはないだろう。

「電撃文庫」は、そのように多様化した対象に応え、歴史に耐えうる作品を収録するのはもちろん、新しい世紀を迎えるにあたって、既成の枠をこえる新鮮で強烈なアイ・オープナーたりたい。

その特異さ故に、この存在は、かつて文庫がはじめて出版世界に登場したときと、同じ戸惑いを読書人に与えるかもしれない。

しかし、〈Changing Times,Changing Publishing〉時代は変わって、出版も変わる。時を重ねるなかで、精神の糧として、心の一隅を占めるものとして、次なる文化の担い手の若者たちに確かな評価を得られると信じて、ここに「電撃文庫」を出版する。

1993年6月10日
角川歴彦

慧心女バスの魅力を
全て詰めこんだ一冊が、
ついに登場！
原作、アニメ、ゲーム、コミックの見所はもちろん、
様々な視点から小学生たちを丸裸に――!?
「ぐらびあRO-KYU-BU!」や「びじゅあるロウきゅーぶ!特別編」、
スタッフインタビューなど、充実の内容でお届け!!
さらに、描き下ろしビジュアルノベル&コミックも掲載!
ファン必見の特集が満載の全て本、大好評発売中!!
RO-KYU-BU!
ロウきゅーぶ！のすべて!!
電撃文庫編集部 編
B5判／192ページ
電撃の単行本